红狮军团

秦天

来自中国，退役于雪豹突击队，后加入红狮军团。由于个人成长经历的原因，他性格孤僻、沉稳，看重朋友之间的友情。

亨特

来自美国，退役于绿色贝雷帽特种部队。他玩世不恭，喜欢开一些无聊的玩笑，个人英雄主义色彩鲜明。

布莱恩

来自英国，退役于英国皇家空军特勤队。他具有绅士风度，擅长空降突袭战术，但有些优柔寡断，也常因此丧失战机。

红狮军团

亚历山大

来自俄罗斯，退役于阿尔法特种部队。他身材魁梧，脾气火暴，眼里揉不得沙子，因此常和队友发生冲突。

朱莉

来自法国的女生，曾服役于法国宪兵队。她高傲强势，令众多男性望而生畏。

劳拉

来自德国的女生，出身贵族，为了理想从小进行各种艰苦的训练。她善解人意，散发着人性的光辉。

索菲亚

来自瑞士的女生。她拥有天使的脸庞，双眸澄澈，腰肢婀娜，身手敏捷，常常出其不意地对敌人发起攻击。

蓝狼军团

泰勒

来自英国，退役于特别空勤团。他冷酷、凶狠，具备超凡的作战能力，为了金钱加入蓝狼军团。

布鲁克

来自英国，退役于红魔鬼伞兵团。他相貌俊朗，行动敏捷，枪法过人，但生性狂妄，目中无人。

巴图

狡猾奸诈，唯利是图，没有服役经历。他曾从事在刀尖行走的职业，后加入蓝狼军团。

蓝狼军团

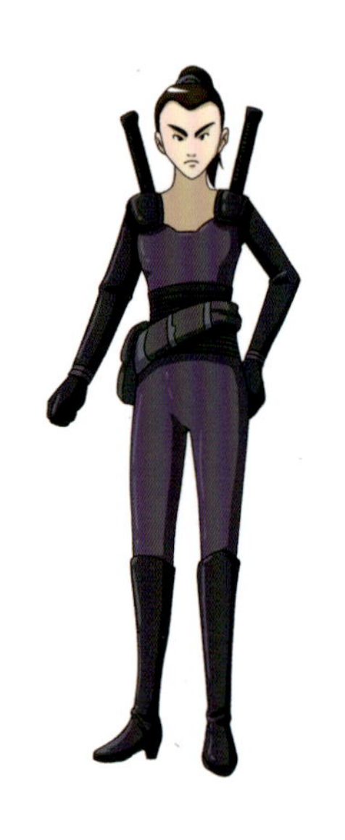

艾丽丝

来自美国，因一次意外被迫从海军陆战队退役，后来加入蓝狼军团。她为金钱而战。

美佳

一个有着许多秘密的人，曾服役于哪支部队无人知晓。她曾经接受过严格的训练，战斗技能出众，尤其擅长忍术。

凯瑟琳

一名优雅的冷血杀手，曾是神秘女子部队的一员。被她锁定的目标，就像接受了死亡女神的审判，几乎无人能生还。

八路 著

化学工业出版社
·北 京·

图书在版编目（CIP）数据

战狼少年.3，反恐行动/八路著. —北京：化学工业出版社，2019.4（2024.11重印）
ISBN 978-7-122-33623-1

Ⅰ.①战… Ⅱ.①八… Ⅲ.①儿童小说-长篇小说-中国-当代 Ⅳ.①I287.45

中国版本图书馆CIP数据核字（2019）第003316号

ZHANLANG SHAONIAN 3 FANKONG XINGDONG
战狼少年3 反恐行动

责任编辑：隋权玲 马鹏伟　　文字编辑：李 曦
责任校对：宋 玮　　美术编辑：尹琳琳

出版发行：化学工业出版社（北京市东城区青年湖南街13号 邮政编码100011）
印 装：大厂回族自治县聚鑫印刷有限责任公司
880mm×1230mm 1/32 印张$6^3/_4$ 彩插2
2024年11月北京第1版第7次印刷

购书咨询：010-64518888　售后服务：010-64518899
网 址：http：//www.cip.com.cn
凡购买本书，如有缺损质量问题，本社销售中心负责调换。

定 价：25.00元　

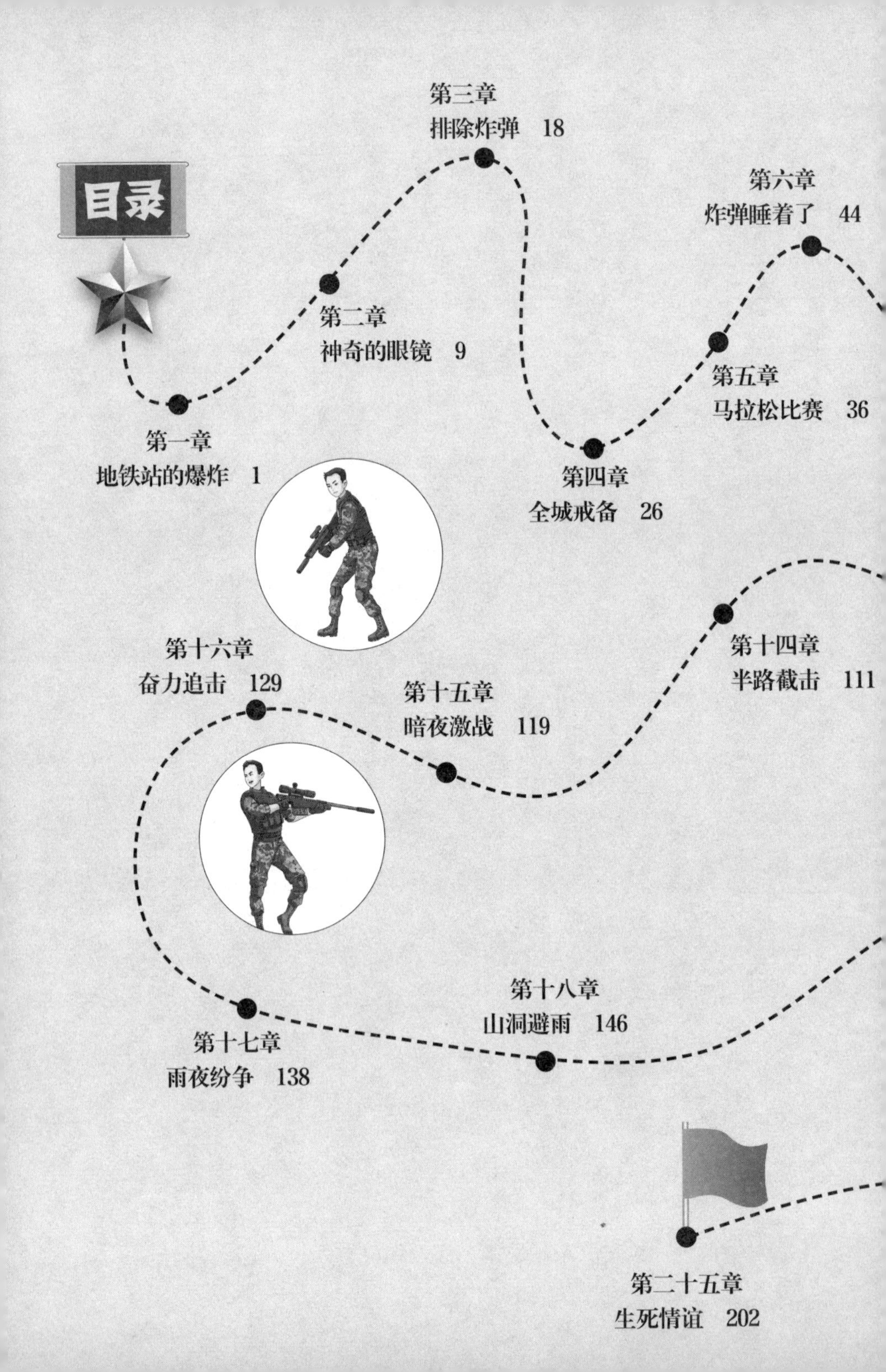

目录

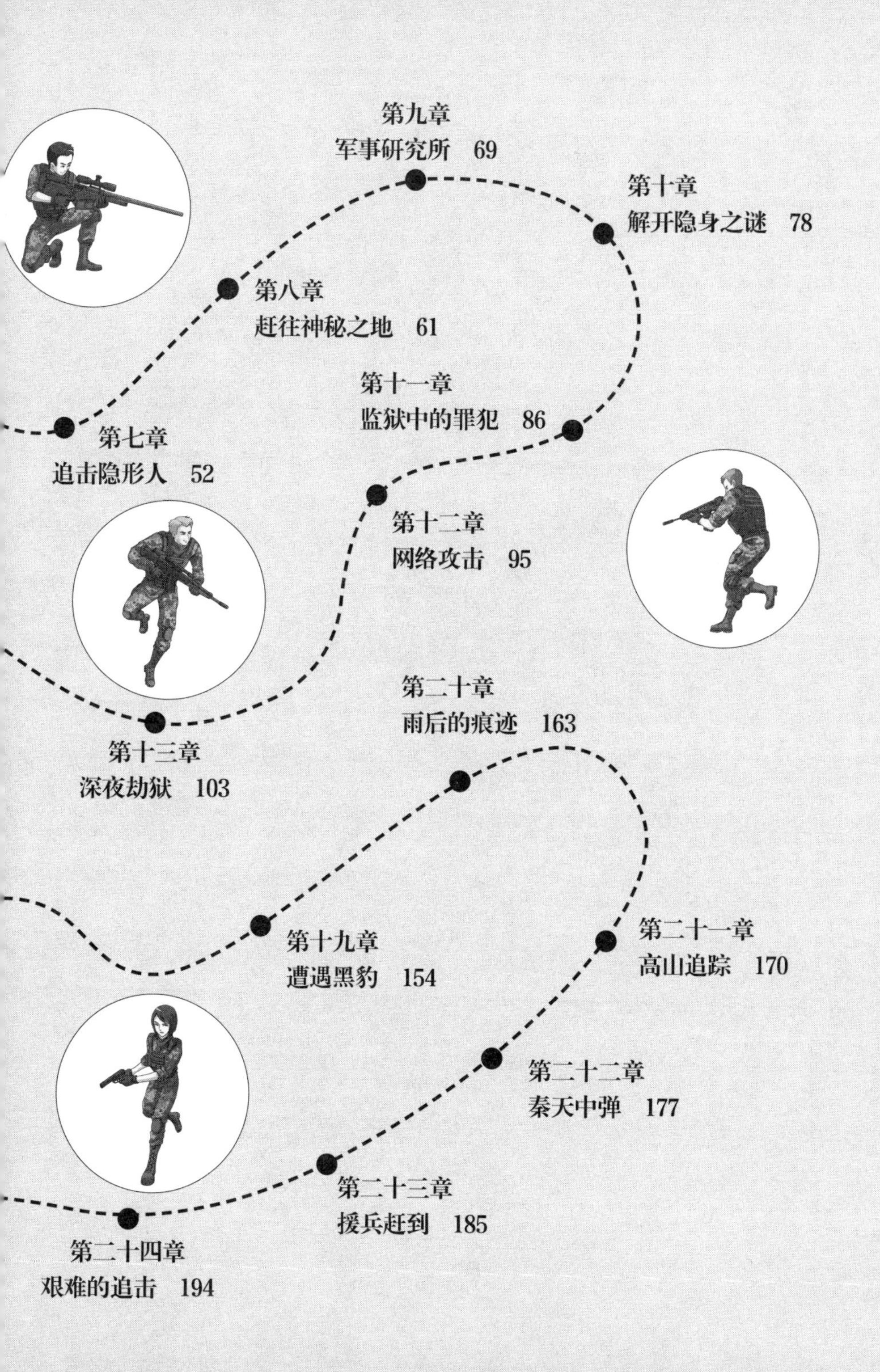

第一章 地铁站的爆炸

周末，在人来人往的地铁站，夏雪站在拥挤的人群中，她要乘坐地铁去下一个路口见一个人。

刚刚结束月考，学校这个周末不用补课，夏雪死缠烂打地要求秦天陪她去游乐园玩一天。秦天是一个毫无情趣可言的人，长这么大甚至连一次游乐园都没去过。恰好，这段时间很平静，他便答应了夏雪的请求，他们约好在下一个路口碰头。

列车缓缓地驶来，停在了地铁站中。车门向两侧展开，下车的人不多，而上车的人却将车门口堵得水泄不通。夏雪几乎不是自己走进去的，而是被后面的人活活挤上去的。被挤到列车中间位置的夏雪伸手去抓用来稳固身体的拉环，但是她的胳膊不够长，两侧的拉环都抓不到。夏雪无奈地摇摇头，只好像一根葱似的和周围的

“葱”戳在一起。

列车向前开动，站立不稳的人群挤在一起。夏雪被前面的一个胖子狠狠地向后撞了一下，身体不由自主地向后倒去。幸好，后面好像有一堵“墙”顶住了她的倾倒之势，夏雪才恢复了直立的状态。拥挤的车厢使十分钟的路程变得无比难熬。当列车缓缓停靠在站台旁后，夏雪像逃离瘟疫一样，从气味难闻的车厢里逃了出来。

这是一个换乘车站，进站和出站的人都特别多。秦天乘坐另一条线路的地铁也是在这站下车，不过他早就到了。夏雪在五分钟前就收到了秦天的短信，所以她的心里像长了草一样，加快步伐朝地铁站的西北出口走去。

“轰！”突然，震耳欲聋的一声巨响在地铁站中响起。

夏雪吓得魂儿都没了，下意识地朝爆炸声传来的方向看去。只见就在她刚刚下车的位置附近，有好几个人躺在了地上，鲜血将他们身下的地砖染红了。

“有炸弹！”不知道是哪位刚刚清醒过来的人大喊了一声，地铁中的人瞬间像疯了一样朝地铁口的方向涌来。

夏雪还来不及反应，就被冲过来的人拥着向前跑去。她一边随着人流向外涌，一边回头去看被炸伤或炸死的那几个人。他们还躺在地上一动不动。

在西北出口外，秦天听到地铁站里传来爆炸声，便知道里面出事了。他担心夏雪的安危，急忙一边拨夏雪的电话，一边往地铁站里冲。但是，向外涌来的人太多，也太猛了，秦天根本无法“逆流而上”。电话拨通了，但是却没有人接，这使秦天增添了几分担忧。

两条向上的台阶都可以通到地铁站的外面，平时这两条路并不显窄，而今天却被毫无秩序的人们挤得死死的。夏雪感觉两只脚已经离开了地面，她被挤得悬空了起来，已经对自己的身体毫无支配能力。此时，夏雪才感觉到了什么是恐慌的力量，什么是无能为力、任人宰割。

台阶的扶手上，有一个人从上向下滑来，还不停地大喊着一个人的名字。这个人太突出了，因为所有人都在往外跑，唯独他一个人在往里冲，所以夏雪一眼便看到了他。

“夏雪！”这两字穿透嘈杂的声音传进了夏雪的耳朵，她知道那个人就是秦天。

“秦天！”夏雪将胳膊伸过头顶，朝着秦天猛挥手。

秦天在密密麻麻的头顶中，看到了一只伸出来的手，便认出了那是夏雪，因为在那只手的手腕上戴着一条手链，那是夏雪从没摘下过的手链。

两个人在一上一下中交会了，秦天一把抓住了夏雪的手，将她从人群中拉了出来。

夏雪惊魂未定，紧紧地抓住秦天的手，脸色苍白地说：“炸弹，地铁里有炸弹。”

“轰！”夏雪的话音刚落，又是一声巨响传来。

秦天弯着腰紧紧地将夏雪护在身下，一阵气浪的冲击从他的身边袭过，这是炸弹爆炸产生的冲击波。

这次的爆炸声不是从地铁站里传来的，而是从地铁站的出口。炸弹被藏在地铁站出口的垃圾桶里，偏偏在密集的人群涌出地铁口的时候才发生爆炸，这说明引爆炸弹的人一定就在附近。这枚炸弹爆炸造成的伤亡远远超过了地铁里的那枚炸弹，横飞的弹片击中了几十个人，距离垃圾桶最近的人当场死亡。

秦天抱着夏雪翻身从台阶上跃下，让她趴在角落里不要动，对于现在的局面来说这才是最安全的选择。他重新返回到台阶上，拨开惊恐的人群冲出了地铁口，想要寻找那位引爆炸弹的凶手。

秦天目光所到之处都是惊慌而逃的人，根本无从判断哪一位是引爆炸弹的恐怖分子。如鸟兽散的人群在短短的几分钟之内便远离了地铁站口，这里变得空荡荡的，只剩下秦天一个人站在那里。

突然，秦天听到了从下而上传来的脚步声，这声音不紧不慢，丝毫没有惊惶逃离之意。真是太奇怪了，地铁站里的人早就吓得落荒而逃了，怎么还会有人如此处变不惊呢?

秦天朝下面看去，更加奇怪的事情发生了，在通往地铁口的台阶上并没有一个人。可是，那脚步声却实实在在地、一步步地朝他靠近。真是活见鬼！秦天紧张地

咽了一口唾沫。

脚步声已经来到了秦天的身边，他甚至感觉到了呼吸的气息。有人，一定有人就在自己旁边，秦天瞪大了眼睛，想把这个人从光天化日之下揪出来。瞳孔已经放大了不知多少倍，但秦天还是不能看到那个人。莫非是自己产生了幻听，秦天开始对自己怀疑起来。

不，绝不可能是幻听，秦天马上否定了自己的怀疑，因为他不仅听到了脚步声，而且还感觉到了一股热量。声音可以欺骗耳朵，但人体散发出的热量是不能消失的，那个人的的确确存在，而且就在秦天身边。

人体在运动的过程中会带动空气的流动，流动的空气会产生风，秦天感觉到微微的风从面前拂过。他判断那个人刚刚从自己的面前经过，于是朝着身体的右前方就是一脚。

秦天的判断是正确的，这一脚狠狠地踹到了一个人的身上。秦天甚至感觉到自己踹到的部位是那个人的屁股。

“噔噔噔——”一连串急促的脚步声响起，这说明被踹到的人站立不稳，连续向前踉跄了几步才稳住身体。

在这里有一个隐形人，简直是不可思议。秦天判断地铁爆炸事件肯定和这个隐形人有关，于是他朝着脚步声的方位紧追过去，准备将隐形人抓住。

“秦天，小心！”正当秦天刚刚迈开步子的时候，身后突然传来夏雪的一声大喊。

秦天知道夏雪肯定是看到了什么危险的东西，于是本能地向一侧翻倒滚去。

秦天刚刚趴在地上，枪声便响起了。一束带着硝烟的火光稍纵即逝，那是子弹出膛时产生的。子弹紧贴着秦天的后肩飞过，擦破他的上衣，在他的后背上留下了一道血痕。

奇怪，夏雪是怎么知道这个隐形人要开枪的？秦天的脑子里闪出了这个想法，但他没有时间去问，因为枪声接连响起，每一发子弹都是朝着他射来的。

“秦天，快躲起来！”夏雪站在刚刚发生过爆炸的地

铁口，担心地朝秦天大喊。她搞不明白，以前身手矫捷、一招制敌的秦天，今天怎么会反应如此迟钝，竟然被对手占据了主动。

第二章

神奇的眼镜

夏雪之所以这样想，是因为在她眼里那个人并不是隐身人，而是一个清晰可见的人。那个人穿着布满了马赛克的衣服，将全身的每一处皮肤都包裹了起来，就连双眼也被一副奇怪的眼镜遮挡着。

秦天已经躲到了地铁站入口的墙壁后面。他根本无法看到那个隐形人，只是能看到子弹击发时的火光。秦天无法进行还击，因为他根本没有想到今天会遇到这样的事情，枪也就没有带在身上。

隐形人见秦天躲了起来，并没有继续发起攻击，而是转身朝前面快速跑去，看来隐形人只想赶快离开这里。

“别跑！”夏雪看到这个穿着马赛克衣服的人想逃之夭夭，大喊了一声朝前面追去。

秦天担心坏了，虽然他看不见隐形人，但他知道夏

雪这样冒失地追上去是很危险的。

“夏雪，别追了！”秦天像一头猎豹般朝夏雪冲去，一把将她按倒在地上。

隐形人果然像秦天预料的那样，转身朝夏雪开了一枪。不过这一枪毫无精确度可言，但也把秦天吓出了一身冷汗。

“你不想活了！”秦天凶巴巴地朝夏雪大喊。

夏雪受了委屈，噘着嘴嚷道：“我总不能眼睁睁地看着坏人跑了吧？”

“眼睁睁！这么说，你能看到那个人？”秦天不解地问。

夏雪反而更加迷惑地反问秦天：“难道你看不到那个人吗？”

秦天不可思议地摇摇头。

夏雪却若有所悟地点点头，说：“怪不得刚才你的身手看起来那么笨拙，原来你看不到那个人啊！”

“呜哇！呜哇——”警笛声急促地响起，声音越来越近。

秦天拉起夏雪，说："快离开这里。"他可不想跟警察打交道，因为能说清楚的事情，到了警察局也变得说不清了。

夏雪被秦天拉着，一口气跑出了几百米远，直到实在跑不动了，才整个身体向后拖着秦天的手，气喘吁吁地说："别跑了，我……我跑不动了。"

秦天停住脚步，回头看着坐在地上的夏雪，问："你真的能看见那个人吗？"

夏雪呼呼地喘着粗气，咽了一口唾沫，机械地点着头。

秦天满腹疑惑，他在想，难道是自己的眼睛出了问题？为什么夏雪能看见而自己却看不见呢？

不，肯定不是自己的眼睛出了问题，因为地铁站里的人都惊慌失措地向外逃跑，唯独这个人是漫不经心地走上来的。

这说明了两个问题：第一，此人对爆炸并不恐慌；第二，此人认为别人都看不到他，所以才会如入无人之

境，即使从秦天面前经过的时候，也把他当成了“空气”。如此判断，秦天认为不是自己的眼睛有问题，而是夏雪的眼睛有问题，莫非她的眼睛能看到别人看不到的东西。

“你这样傻愣愣地看着我做什么？”夏雪抬头看着秦天。

秦天好像没听见一样，还是那样直勾勾地看着夏雪：“我在看你的眼睛跟我的眼睛有什么区别。”

“能有什么区别？”夏雪歪着头，“还不都是两颗眼珠，最多是你的白眼多，我的黑眼珠儿大。”

夏雪的意思是说秦天是“白眼狼”，但秦天没有听出话外之音，反而更加认真地盯着夏雪的眼睛看，来验证是不是因为这个区别，才造成了两个人看到的东西是不同的。

“我说你的脑子是不是少根弦啊？”夏雪有些不耐烦了，“咱们的眼睛是一样的，之所以我能看到那个人，并不是眼睛的原因。”

“那是什么原因？”秦天等待着答案。

夏雪只是随口一说，她哪里知道是什么原因，不过她想逗一逗这个无聊的秦天，于是支支吾吾地说：“嗯，嗯，也许是因为眼镜的原因吧！”

“眼镜？”秦天更糊涂了，因为他根本没有看到夏雪戴着眼镜，甚至从他认识夏雪那天起，就没看到过夏雪有戴眼镜的习惯。

“对！就是眼镜。”夏雪的脸上绽放出笑容。

本来，她只是随便找个理由来敷衍秦天的，可是当她说出了“眼镜”两个字的时候，突然觉得已经找到了答案。

秦天看着夏雪的眼睛，似乎开始觉得有些不对劲了。夏雪的眼睛又大又黑，甚至黑得有些不正常。

“我一直是戴着眼镜的，只不过是隐形眼镜。”夏雪从未告诉过别人这个真相，“我刚上中学的时候，就已经有三百度近视了。不过，我不想戴难看的有框眼镜，所以便戴上了隐形眼镜，而且是那种可以让眼睛看起来很

漂亮的美瞳眼镜。”

“原来是这样啊！”秦天终于明白了，“肯定是你的隐形眼镜有某种特殊的功能，所以才看到了隐形人。”

目前来看，这是最合理的解释了。秦天让夏雪带他去眼镜店，准备买这种隐形眼镜进行试验。

夏雪有些不情愿，她噘着嘴小声地嘟囔着：“游乐园的计划泡汤了，真是扫兴！”

这是学校附近的一家眼镜店，里面出售的大多是价格低廉、适合学生佩戴的眼镜。一种带有淡淡黑蓝色的隐形眼镜，价位明显高出其他的眼镜。夏雪买的就是这种眼镜。

“这副隐形眼镜可是花了我一年的压岁钱才买到手的。”夏雪直到现在看见眼镜的标价，还在为那次“大出血”隐隐作痛。

“老板，给我拿一副这种隐形眼镜。”秦天指着柜台里的样品说。

眼镜店老板看着秦天问：“你的眼睛是多少度的？”

“随便！”

“这可不能随便，度数不合适的话，戴上去眼睛会很难受的。”

秦天随口说了一个度数：“那就二百五十度吧！”

眼镜店的老板觉得这位顾客很奇怪，不像是来买眼镜的，倒像是来买大白菜的。可是，只要有人出钱，生意人绝对是来者不拒。

一手交钱，一手交货之后，秦天拿着隐形眼镜和夏雪走出了眼镜店。此时已是正午，阳光直射到两个人的身上。夏雪很怕晒黑，用手遮在额头上，想看一下周围有没有卖遮阳伞的门店。

“秦天！”夏雪的声音突然变得很紧张。她的手紧紧地抓住了秦天的胳膊，情不自禁地使出了全身的力气。

“你这么紧张干什么？”秦天发现夏雪的神情惊恐，好像被什么东西吓到了。

“我……我看见那个人了。”夏雪的声音中充满了诡异。

秦天马上提高警惕，他知道夏雪所说的人就是在地

铁站遇到的那个隐形人。可是，秦天朝夏雪目光注视的方向看去，并没有发现一个人。

“他在哪里？”秦天疑惑地问。

夏雪指着马路对面，说：“他正由东向西走，现在已经走到那个垃圾桶的旁边。”

秦天看到了垃圾桶，但是仍旧没有看到人。他赶紧把刚刚买来的隐形眼镜打开，对夏雪说：“你快帮我把隐形眼镜戴上。”此时，秦天更加坚信，就是这种隐形眼镜起到了作用，才使夏雪看到了隐形人。

夏雪熟练地帮秦天戴上隐形眼镜。秦天顿时觉得眼前一阵眩晕，什么东西也看不清楚了，对于一个眼睛健康的人来说，戴上一副近视镜简直是帮了倒忙。几秒钟的适应之后，秦天勉强看清了眼前的事物，但所看到的物体都是向外隆起的，好像被充气膨胀了一样。

“那个人在哪儿？”秦天还是没有看到隐形人。

夏雪一边指着隐形人所在的位置，一边说：“他正在沿着人行道向西走，距离刚才那个垃圾桶也就二十米的

距离。”

“真是见鬼了，我怎么还看不到。”

秦天实在是想不明白，为什么自己已经戴上了和夏雪一样的隐形眼镜，却还是看不到那个隐形人呢？莫非，并不是隐形眼镜的原因，而是夏雪真的有别人不具备的特异功能？

第三章

排除炸弹

这个世界上就没有特异功能，无非是骗人的把戏高明与否而已。秦天否定了自己的猜测，对夏雪说："咱们快跟上去，记住千万别被对方发现。"

夏雪点点头，带着秦天走在马路对面的人行道上，保持着一定的距离，秘密地跟踪着隐形人。既然隐形眼镜对于秦天来说并不能起到任何作用，他便将隐形眼镜取了下来，放到盒子里。不过，秦天并不死心，他打算回去以后再仔细研究一下到底是怎么回事。

"他向左拐了。"夏雪小声地对秦天说。她还是第一次干这样的事情，觉得既紧张又很刺激。

两个人向左转，穿过马路，混在行人间跟踪着隐形人。前面是一个地铁站，夏雪看到隐形人走了下去。秦天一看到地铁站便产生了不祥的预感，担心隐形人会再

次发动恐怖袭击。

“快盯紧他！”秦天快步朝前走去。

此刻正是中午出行的一个小高峰，地铁站里人山人海。夏雪看到隐形人在人群中穿行，向站台走去。夏雪并不担心会跟丢隐形人，因为在她的眼中隐形人不但没有隐形，反而因为独特的马赛克外衣，使他与周围的人明显不同，很容易被辨识出来。

“隐形人有没有什么异常的举动？”秦天担心地问。

夏雪摇摇头：“没有，他正在等待列车。”

灯光从隧道中传来，越来越亮，预示着列车即将进站。夏雪和秦天没敢和隐形人站在同一个站台等候，而是混在他右侧站台的人群中，偷偷地观察着。

列车进站，人们削尖了脑袋，争先恐后地往车厢里钻，只为抢到一个座位。车厢里并不挤，隐形人就靠在车门旁边。夏雪和秦天怕隐形人认出他们，所以背对着隐形人。不过，夏雪很聪明，她从包里取出一面小镜子，假装在化妆，其实是在偷偷地观察隐形人。

列车在几分钟之内就到了下一站，在列车还没有完全停稳之际，隐形人弯腰把一个扁圆形的东西放到了靠近车门的座位下。这一幕，被夏雪看得清清楚楚。

“秦天，你快看后面车门旁的座位下面。”夏雪赶紧提醒秦天。

秦天虽然看不到隐形人，但是他一眼便看到了隐形人放到座位下的东西。这个东西他太熟悉了，那就是炸弹！列车停稳，车门还没有打开，秦天便一拳砸向了车门旁边的报警按钮。护在报警按钮外面的一层硬塑料壳被秦天的拳头砸碎，警报声立刻在每一节车厢内响起。

乘客们不知道发生了什么事情，纷纷挤向车门，朝站外奔逃而去。夏雪看到隐形人早就第一个下了车，还边走边朝车厢这里看过来，好像在寻找到底是谁按下了报警按钮。

几分钟之后，车厢里就只剩下秦天和夏雪两个人了。红色的数字在一秒秒地跳动，距离定时炸弹爆炸还有三分钟的时间，看来按照隐形人的计划，这枚炸弹将在列车运行到两站之间的位置时发生爆炸。列车在运行的过程中，车厢是全封闭的，在这个时候发生爆炸不仅碎片能够杀伤乘客，而且爆炸产生的冲击波也将发挥出巨大的威力。由此可见，隐形人是要制造出一场惊天动地的血案。

地铁警察闻讯赶到，他们看到还有两个人异常冷静地站在车厢里，简直不敢相信自己的眼睛。“你们还不快跑，车厢里有炸弹。”一名警察冲进车厢就把夏雪往外拉。

“呼叫总部，请迅速派一名拆弹专家前来花园路地铁站。”另一名警察朝着对讲机大声地喊。

“我就是拆弹专家！”秦天看了那名警察一眼，“我需要一个工具箱。”

警察遇到这种事情也是两手一摊，不知所措，突然有人冒出来说自己是拆弹专家，他们好像抓到了救命稻草，赶紧从列车的驾驶室找来了工具箱。

“把她带出去！”秦天回头对警察说。

警察知道秦天说的人是夏雪，于是拉着夏雪就往外跑。夏雪哪里肯离开秦天，她想挣脱警察的手，但却有心无力，只好扯着嗓子喊："秦天，你要小心！"

这枚炸弹并没有被固定在列车上，所以本可以不进行拆除，而是直接扔到一个空旷的地方任其爆炸。但是，地铁站周围是繁华的商业区，人口密集，实在难以找到一个理想的地方。其实，在秦天看来最理想的地方就是车厢里。因为，车厢里已经空无一人，炸弹在这里爆炸，车厢板可以将弹片和冲击波拦截住，产生的破坏力也就降到了最低。

不过，秦天有一个"毛病"，那就是越刺激他越喜欢挑战自己。他要亲手拆开这枚炸弹，看一看里面到底有什么玄机。螺丝刀在秦天的指间快速旋转，几秒钟的时间，四颗螺丝都已经被拧了下来。此时，计数器上显示的红色数字是01:50。打开炸弹的后盖后，秦天倒吸了一口凉气，因为他看到炸弹里面密密麻麻地布满了圆形的钢珠。这些钢珠在炸弹爆炸后，将炸向四面八方，击

中周围的人，其威力绝不逊色于一颗颗出膛的子弹。

秦天迅速地将这些钢珠倒出。钢珠落到车厢板上发出“啪啪啪”的响声，令人心跳加速。秦天粗略估计了一下，这些小钢珠足足有几百颗。钢珠被倒出之后，露出了定时炸弹的线路板。此时，计时器显示的时间为01:40。

秦天曾经接受过专业的拆弹训练，教官详细地向他们介绍过从“土炸弹”到高科技炸弹的制造原理，他还亲手进行过拆弹的实践。当秦天看到这枚炸弹的线路时，他的脑子里马上闪现出一个名词：诡计线路。普通的炸弹线路只有一条回路，只要分辨出哪条线路是信号输入、哪条线路是信号输出就可以大功告成。即使不能分辨出线路，若可以阻断炸弹的点火，拆弹手也有百分之五十的成功概率，因为他只需要在两根线之中蒙一根就可以了。

诡计线路则完全不同，它是一种高明的炸弹线路。之所以说它高明，是因为它不是只有一条回路，而是有

两条、三条，甚至更多条，即使拆弹专家辨识出其中一条线路的输入线，将其剪断，但其他的线路仍然会继续正常工作。不仅如此，更加高明的诡计线路，还会设计一些毫无用途的干扰线路，以此来消耗拆弹专家的时间，令其产生巨大的心理压力，从而产生错误的判断。

秦天内心强大，在如此危险的时刻仍旧能够保持冷静。他将尖嘴钳打开，夹住其中的一根线，毫不犹豫地剪了下去。

“咔！”

一声短暂而清脆的声音过后，炸弹仍然平静地躺在那里。紧张的气氛令周围的几个警察快要窒息了，他们不由自主地一步步向后退去，有的躲得远远的，有的趴在地上捂住了脑袋。

01:20，计时器上红色的数字快速地跳动着。秦天的手稳稳地拿着钳子，大脑在高速运转。这枚炸弹果然高明，不仅使用了诡计线路，而且线路相互交织，颜色相同，令人难以分辨。

“咔！”又一根线路被剪断了，躲在远处的警察都吓得闭上了眼睛。爆炸声并没有响起，他们重新睁开眼睛，看着这位自称是拆弹专家的年轻人，敬佩之情油然而生。

此时，计时器显示的时间是01:10。秦天深吸了一口气，将张开嘴的钳子向前伸去，卡住了第三根线。他非常自信，认为自己的选择绝对没有错，于是果断地剪了下去。“咔！”这声音好像是剪断了人的神经线，那几个警察都跟着不由自主地哆嗦了一下。

面对最后一条线路，秦天犹豫了。他将尖嘴钳拿到另一只手中，而原来那只手则在衣服上蹭了蹭，擦去了手心的汗。秦天看了一眼计时器，显示的数字是00:50。

尖嘴钳重新被交回到原来的手中，最后一根线被卡在钳口中。秦天知道诡计线路中最难判断的就是最后这根线，如果选择错了，这一钳子剪下去自己就会被这枚炸弹炸得四分五裂。红色的数字在一秒秒地跳动，眼看就要到爆炸的时间了。秦天的手在微微地颤抖，他一咬牙，五指一紧，细细的导线被瞬间剪断。

第四章 全城戒备

当秦天剪断最后一根线的时候，所有人紧绷的神经就像被划了一刀，瞬间断裂了。计时器的数字定格在00:05。这枚被精心设计的、由“诡计线路”构成的炸弹就这样在有惊无险中被拆除了。秦天趁警察还沉浸在惊恐之中，以最快的速度从地铁站里跑了出去。

夏雪看到秦天完好无损地出现在她面前，悬着的心总算放下了，张开双臂朝秦天扑了过去。

秦天伸手抓住了夏雪的一只胳膊，冷冷地说道：“快走！”

地铁站里的警察突然回过神来，其中一个喊道：“刚才那个拆除炸弹的人呢？”

“好像已经跑出去了。”另一个人回答。

“快追！我们要把他带回去录口供，说不定他是这两

场地铁爆炸案的知情者。”

当警察追出地铁站的时候，秦天和夏雪早就消失得无影无踪了。

转眼，地铁爆炸案已经过去两周了，警察们还是一头雾水，因为他们没有找到任何证据。警察局局长命令调取了全市的视频监控录像，而经过了大规模的排查之后，并未发现任何一个可疑的人。

这个侦察结果早就在秦天的预料之中，因为一个隐形人是根本不可能被发现的。但是秦天没有预料到，警察在找不到其他线索的情况下，竟然把他列入了嫌疑犯的名单，并且发出了通缉令。第一个发现秦天变成通缉犯的便是夏雪。当夏雪的QQ弹窗里出现这条通缉令的时候，她惊讶得张大了嘴巴。

“秦天明明是救世英雄，怎么却成了嫌疑犯？”夏雪揪着头发，好一阵发狂。

网络信息传播的速度是惊人的，在短短的几分钟之内，这条通缉令就被转发了无数次，只要是上网的人几

乎都看到了。

“秦天，这到底是怎么回事？”劳拉急匆匆地闯进了秦天的房间。此时，秦天正在盯着电脑屏幕，阅读这条已经是人尽皆知的通缉令。

秦天一直没有把前几天经历的事情告诉他的队友，而现在则不能不说了。劳拉在听完秦天的讲述之后，拧着眉头，思考着地铁爆炸案到底会是谁干的?

“一定是蓝狼军团。”劳拉咬牙切齿地说，“除了他们，还会有谁能做出如此没有人性的事情？”

秦天也怀疑是蓝狼军团，但那只是怀疑而已，因为他没有任何证据。秦天认为当务之急不是去洗清自己的罪名，而是找出对付隐形人的办法。如果隐形人真的是蓝狼军团的人，那么他们还会制造更加令人震惊的爆炸惨案。

在地铁爆炸案发生之后，城市的地铁已经暂时停止了运营。全城的警察也加强了巡逻，对汽车站、商场、电影院等人群密集的场所进行重点防范。不过，秦天认

为这些安保措施都是形同虚设，因为隐形人进出这些场所如入无人之境，可以放心大胆地实施作案计划。

“最近市里有没有什么大型的活动？”秦天问劳拉。

劳拉想了想，说：“还真有，为了迎接市运会的召开，开展全民健身运动，在下周五下午三点钟，将举行万人马拉松比赛。到时候，全市大中学生和体育爱好者都会来参加比赛。”

“地点在哪里？”秦天马上意识到万人马拉松比赛绝对是隐形人再次出动、制造爆炸案的大好机会。

劳拉马上在网上进行搜索，很快便得到结果。从长跑的里程来看，显然这不是一场真正的马拉松比赛。这次万人长跑的起点是人民公园西门，先是沿着银河路向南跑，然后向左转入花园大街，再向左进入凤凰路，最后终止在人民公园的东门，总里程为十公里。秦天和劳拉仔细地研究这条路线，寻找隐形人可能放置炸弹的地点。

在秦天和劳拉研究马拉松比赛路线的时候，有另外几个人也在研究着这条路线，不过他们不是为了保护马

拉松比赛，而是要在这场比赛进行的时候制造一场血案。这几个人就是蓝狼军团的雇佣兵。毫无疑问，前几天的地铁爆炸案就是他们所为，具体的实施者是擅长奇门遁术的美佳。

美佳是如何变成隐形人的呢？这还要从美佳加入蓝狼军团之前说起。美佳曾经在一支非常神秘的部队服役，而这支部队从未向世界公开过。凡是从这支部队退伍的士兵，都要严格遵守一项退伍协议：绝不可以将这支部队的任何情况告诉任何人，否则将会面临终生的追杀。

美佳在这支神秘部队服役的四年中，接受了残酷的军事训练，还学会了很多奇门遁术，其中一项特殊的本领便是隐身。隐身术看似高深莫测，但只要你能揭开蒙住它的那层面纱，就会一眼看破其中的奥秘了。这就如同在观看一个令人匪夷所思的魔术，而当你知道了魔术的道具后，便会觉得这个魔术不过如此而已。至今，美佳也没有将隐身术的方法告诉给任何人，而且她还总是提防别人偷学她的本领。除非执行重大的任务，美佳极

少使用隐身术，即便使用也会在无人之处秘密进行。

研究了马拉松长跑的路线之后，蓝狼军团决定到实地进行侦察，然后制订出一个完善的爆炸方案。

布鲁克说："这次爆炸行动只能成功，不能失败。"

"当然，我可不想把已经到手的钱，原封不动地退回去。"泰勒戴着墨镜，一副吊儿郎当的样子。

泰勒之所以这样说，是因为他们已经收受了一个恐怖组织的定金。这个恐怖组织要求蓝狼军团在一个月之内，连续在城市中制造几起震惊世界的爆炸案。至于恐怖组织为什么要这样做，蓝狼军团也不知道。当然，他们也不想知道，因为这是行规。

蓝狼军团打扮成普通市民的模样，在布鲁克的带领下出现在城市的街道上。他们看到几乎在每条大街小巷上都是三步一岗，五步一哨，警察的眼睛观察着每一个经过身边的人。

之所以全城戒备，第一个原因是因为前几天发生的地铁爆炸案令警察局颜面扫地，至今他们还没有找到任

何有价值的线索。为了防止爆炸案再次发生，警察局局长只好命令全城所有的警察，都走出警局，来到大街小巷，实施“撒网战术”。全城戒备的第二个原因便是即将举办的万人马拉松比赛，市长已经下了通牒，如果马拉松比赛出现安全问题，警察局局长就得立刻走人。

“喂！你们看大街上安装了很多摄像头。”艾丽丝指着安装在一根路灯杆上的摄像头说。

布鲁克急忙把艾丽丝的手按下来：“你别这样指指点点的，小心周围的警察看到。”

蓝狼军团装作若无其事，一边走一边抬头观察，果然发现每隔五十米就会有一个摄像头挂在高处。这些摄像头就像一双双眼睛，二十四小时监视着城市的每一个角落，让邪恶无处可藏。

“区区几个警察和摄像头有什么可怕的。”巴图满不在乎地说，“别忘了，咱们有隐身术，能够堂而皇之地在众目睽睽之下为所欲为。”

“巴图，你别搞错了！”凯瑟琳阴阳怪气地说，“会

家常菜馆
童装
精
女装服

隐身术的只有美佳一个人。”说话间，她用眼角的余光悄悄地观察美佳的表情。

美佳像没听见一样，继续面无表情地向前走，但她的心里却在打着小算盘。美佳是个精明的家伙，早就听出了凯瑟琳的言外之意，那就是想让自己把隐身术传授给大家。

巴图心直口快，凑到美佳身边小声地说：“你就别保密了。不如我们出一些学费，你就把隐身术传授给我们吧！”

“不可能！”美佳坚决地回绝了。

巴图感觉像被人在脸上扇了一巴掌，顿时觉得颜面扫地，气哼哼地说：“有钱不赚就是傻蛋！”

“有些钱可以赚，而有些钱拿了是要丢掉性命的，你说我能要吗？”美佳反问。

“好了，不要强人所难。”布鲁克出面打圆场，“咱们再仔细侦察一下路线，肯定能研究出一个完美的爆炸方案。”

就这样，蓝狼军团从人民公园西门出发，沿着马拉松比赛的路线，一直走到了人民公园的东门。一路走下

来，布鲁克发现防范最严密的地方就是起点和终点。在这两个位置，警察可以说是无处不在，而且周围也被清理了，根本找不到可以安放炸弹的地方。

最终，布鲁克决定选择两个位置来安放炸弹。

第一个位置是由银河路转向花园大街的拐弯处。这是整条路线的第一个拐点，此时参加比赛的人还没有拉开太大的距离，而且街道两侧场地比较宽阔，前来观看比赛的人在此处也会聚集得比较多。所以，如果在这个位置引爆炸弹，造成的杀伤效果会仅次于起点的位置。

第二个位置是花园大街转入凤凰路的拐弯处。这是一个预备位置，当第一个位置的炸弹没能被顺利引爆的情况下，这个位置的炸弹才会被引爆。从整条路线的情况来看，当参赛的人员跑到这里时已经逐渐拉开了距离，实力相当的参赛者会形成一个个小规模的群体。布鲁克设想的方案是，当一个人数较多的群体通过时，立即引爆炸弹，这样也会造成比较大的伤亡。

蓝狼军团的邪恶计划会不会得逞呢？这可就难说了。

第五章 马拉松比赛

星期五下午两点三十分，人民公园西门的广场上已经是人声鼎沸，前来参加万人马拉松比赛的人黑压压的一片，将整个小广场挤得水泄不通。在嘈杂而拥挤的人群中，有几个穿着运动衣的少年从外表看来并无特殊，但若仔细观察他们的眼睛，便会发现他们的目光中充满了常人所没有的机敏。

这几位少年之中，有一位少年个头不高，很容易被周围的高大身材所淹没。他在人群中不停地穿梭，好像在寻找着什么。突然，一只手从后面用力地拍到了他的肩膀上。他的心跳骤然加快，但面部的表情却依旧从容淡定。奇怪的是，他转过头之后，并没有看到拍他肩膀的人。

“秦天！”

正当秦天迷惑之际，突然一个熟悉的声音在耳边响起。他急忙回过头，发现一位少女已经站到了他的面前。

“怎么是你？”秦天看到面前站着的人是夏雪。

“除了我，还能有谁？”夏雪反问。

秦天一把抓住夏雪的胳膊就往人群外拖，“别闹了，离开这里，越快越好！”

“喂喂喂！”夏雪想挣脱秦天的手，“你有病啊，我是来参加比赛的。”

秦天二话不说，拽着夏雪在人群中穿行，很快便将她拉了出来：“我知道你是来参加比赛的，不过今天这里可能会有危险，所以你必须马上离开。”

“我不走！”夏雪固执地说，“早知道你是这副臭面孔，刚才就不搭理你了。”

秦天知道夏雪吃软不吃硬，便缓和语气说：“就算我求你了好不好？不就是一次比赛吗，即使你参加了也拿不到名次。”

没想到这句话不但没有起到好的效果，反而把夏雪给激怒了。她指着秦天的鼻子吼道："就知道你看不起我，今天我非要拿个名次给你看看不可。"说完，夏雪转身气呼呼地钻进了人群里。

秦天紧跟在后面，解释道："夏雪，我不是那个意思。"

夏雪突然停住脚步，猛地一回头，和紧追在后面的秦天差点脸撞脸："你别再跟着我了。这是我们学校组织的活动，所有人都要参加。"

秦天真是拿夏雪没办法，只好叮嘱道："千万别逞能，安全第一。"

"烦人！"夏雪朝秦天做了一个鬼脸，钻进了人群之中。

广场上的扩音器响起了广播声："参赛选手请注意，比赛马上开始！"

广场上的人纷纷伸胳膊蹬腿，活动腰肢，都摆出了一副势在必得的架势。夏雪跟同学们站在一起，对着他们班的那个外号叫"大头"的同学说："你就紧紧地跟在我后面跑，保你拿第二。"

“是倒数的吧！”那位外号叫“豹子”的同班同学讽刺地说，“你俩保证一个倒数第一，一个倒数第二。”

“预备——”夏雪瞪着豹子正要怒吼，预备声响起了。参赛的人都在等着那两个字爆发出来。此时此刻，这里不像是赛场，倒是像战场，空气中弥漫着一股火药味儿。

“出发！”这两个字“出膛”的瞬间，参赛者也像子弹一样把自己射了出去。

夏雪铆足了劲儿，如同一匹脱缰的野马，奋“蹄”疾奔，把豹子挡在了自己的身后。豹子也不甘示弱，要是不能超过夏雪，真的对不起他的外号。夏雪和豹子较上了劲，一会儿你超过我，一会儿我又撵上了你，而大头则被远远地抛在了后面。

就在夏雪和同学们争先恐后地向前奔跑之时，秦天也悄悄地混在了其中。以秦天的速度超过这些中学生绝对不费吹灰之力，但是他却一直混在他们中间，其目的是暗中保护他们。

长跑的队伍正沿着银河路浩浩荡荡地向南前进，在这条宽阔的马路上形成了一条长龙。交通警察已经事先对这条路线进行了交通管制，所以马路上只有参赛的选手，而没有一辆机动车。在长跑路线两侧的人行道上站着许多前来观看比赛的市民，他们摇旗呐喊为自己的亲朋好友加油助威。秦天一边跑，一边观察着助威呐喊的人群，目前为止还未发现任何异常。

随着时间的推移，长跑的人群开始出现了分化。跑在最前面的是专业运动员，他们在整个参赛群体中数量很少，所以形成了一个规模最小的阵容；第二梯队是一些经常进行体育锻炼的年轻人，他们的数量略多于专业运动员；第三梯队的数量最多，以大中学校的学生为主，他们蜂拥在一起，如潮水般向前涌动；跑在最后面的则是中老年参赛者，他们零星地散布在后面，没有形成清晰的梯队。

“所有人注意！”亨特命令道，“按照原定计划，分散到不同的梯队中。”亨特知道当参赛者自然地分成了梯

队之后，一场血雨腥风也将会随之到来。

按照原定的计划，秦天和索菲亚掺杂在第三梯队中，也就是人数最多的那个由学生组成的梯队。夏雪也在这个梯队当中，正和豹子较着劲儿，虽然已经是呼呼大喘，但却咬着牙和豹子齐头并进。

“夏雪，你认输吧！”豹子挑衅地说。

“让我认输，门儿都没有。”夏雪用胳膊肘狠狠地顶了豹子一下。

“你竟然敢恶意伤害竞争对手，这是赤裸裸的犯规。”豹子脚下一发力，冲到了夏雪的前面，故意挡着她。

秦天在后面看得一清二楚，心想：这两个家伙真是一对活宝。眼看人群就要跑到银河路向左转弯的位置了，这是整条路线的第一个拐点。路线两侧加油助威的人渐渐多了起来，秦天在观看比赛的人群中隐约看到了一张熟悉的面孔。为了能看清楚这个人，秦天放慢了速度，朝人群中张望。可是，那张熟悉的面孔早已扎进了层层的人墙中，找不到了。

“索菲亚，我刚才好像看到了蓝狼军团的艾丽丝。”秦天赶紧呼叫和他在同一个梯队中的索菲亚。

索菲亚穿着一身粉红色的紧身运动装，由于长着一张娃娃脸，看上去很像一名中学生。听到秦天的提醒后，索菲亚提高了警惕，手伸进口袋中掏出了一个黑色的盒子状物体握在手中。

“开始释放干扰信号。”索菲亚一边通过耳机对秦天说，一边用大拇指紧紧地按住了那个黑色的东西。

秦天也掏出了一个同样的东西。同时，他向前紧赶了几步冲到夏雪的身后。夏雪算是和豹子拼上了，别看她是女生，可绝不会因此在男生面前甘拜下风。豹子故意挡在夏雪的前面，弄得夏雪只能看着他的后脑勺儿，迈不开步子。夏雪突然眼珠一转，坏主意立刻冒了出来。她低头紧盯着豹子的脚后跟，猛地就是一脚。可惜，豹子的步子很快，这一脚踩空了。夏雪倒是来了兴趣，一脚接一脚地朝豹子的脚后跟上踩。而豹子根本不知道身后的夏雪在捣鬼，只顾着甩开膀子往前跑。

“哎哟！”突然，豹子一声惨叫，脚后跟终于被夏雪踩上了。鞋子从豹子的脚上脱落，他不得不弯腰去提鞋。

夏雪趁机冲到了豹子的前面，心里还美滋滋地想：跟我斗，你还嫩了点儿。斗志昂扬的夏雪加快了步伐，竟然冲到了队伍的最前面。突然，夏雪的眼前闪过了一个人，她不由得吓出了一身冷汗。

这个人在夏雪的眼前一晃而过，而其他人却好像都没有看见一样。

隐形人，没错，这就是那个制造地铁爆炸案的隐形人。

夏雪的心跳在剧烈运动中本来就已经跳得很快了，而现在跳得更快了。

第六章

炸弹睡着了

“夏雪，你好阴险，竟然踩我的鞋。”豹子怒气冲天，从背后跑过来。

夏雪一把抓住豹子：“豹子别跑了，有危险！”

“拜托，不就是一场比赛吗，为了赢我也不至于使出这么多阴险的花招吧？”豹子根本就不相信夏雪的话。

“我没骗你。”夏雪焦急地说，“骗你是小狗。”

豹子甩开夏雪的手：“那你先叫两声给我听，我就相信。”

本来夏雪还觉得对豹子有些亏欠，可是豹子这句话一出口，她立刻恼火起来，大喊道：“走走走，就当我刚才什么也没说。”

“有病！”豹子也被惹恼了，转身就要跑。可是，一个人却挡在了他的面前。

“秦天，你怎么也在这儿？”豹子惊讶地问。

夏雪也看到了秦天，赶紧说：“刚才我看到那个隐形人了。”

豹子被弄糊涂了，插嘴问：“什么隐形人？到底是怎么回事儿？”

“没时间跟你解释。”秦天对豹子和夏雪说，“你们两个都赶快离开这里，越远越好。”

“不，让豹子离开，我可以留下来帮你。”夏雪固执地看着秦天，“只有我才能看到那个隐形人。”

“我也不走，抓坏蛋多过瘾。”豹子是个天不怕地不怕的家伙。

秦天被这两个捣蛋鬼给气坏了，真想踹他们每人一脚，踹得越远越好。三个人就这样一边随着人群向前跑，一边争执着。

“秦天，隐形人在那里。”夏雪再次看到了隐形人——美佳。

此时，夏雪所在的梯队正好跑到了向左的第一个路口，而隐形人就站在路旁的人群中。

“隐形人在干什么？”秦天问。

夏雪看到隐形人掏出了一个很像铁皮罐头盒的东西，悄悄地放进了她旁边的垃圾桶里。

秦天听了夏雪的话，马上意识到那是一枚炸弹，赶紧呼叫索菲亚：“隐形人在右侧道路的垃圾桶中放了一枚炸弹。”

索菲亚急忙冲出人群朝那个垃圾桶跑去。秦天则在夏雪的指引下朝隐形人追去。

美佳采用隐身术在众人的眼皮底下出没，因此没人能发现她。在这次恐怖袭击中，蓝狼军团进行了严密的分工，美佳负责将炸弹安放到指定的地点，待她安全撤离后，再由其他人使用遥控装置进行引爆。

此时，艾丽丝就站在马路另一侧的人群中，等待着美佳的呼叫。美佳将炸弹放入垃圾桶后，立即挤出人群向下一个预定的爆炸地点跑去。尽管夏雪伸长脖子抬起脚，但还是把美佳给跟丢了。

美佳已经跑出了上百米远，感觉到达了安全的距离，这才呼叫艾丽丝：“可以引爆炸弹了。”

艾丽丝从口袋里掏出一部手机，佯装在打电话，实际上这是一个遥控炸弹的引爆器。她按下了引爆按钮，可奇怪的是炸弹并没有爆炸。艾丽丝以为是人太多挡住了遥控信号，于是将引爆器向前伸了伸，再次用力地按下了引爆按钮。可炸弹好像是睡着了，依旧没有任何反应。

问题没有出在遥控器上，而是因为红狮军团对遥控信号进行了干扰。索菲亚和秦天的手里拿着一个巴掌大小的小盒子，这是一个电磁信号的干扰器。正是由于这个原因，美佳安放的炸弹才“睡着”了。

索菲亚在接到秦天的通报后，迅速冲到那个放有炸弹的垃圾桶旁，将手伸进垃圾桶里，在散发着臭味儿的垃圾中摸到了那枚炸弹。她将炸弹取出，放进了一个黑色的手提袋里，然后转身进入路旁的一个公共厕所。在公共厕所中，索菲亚麻利地将炸弹打开，剪断了引爆线，然后把它丢进了厕所的垃圾桶里。

蓝狼军团在第一个拐点的爆炸计划以失败告终，这是他们万万没有想到的。此时，规模最大的人群已经跑过了这个路口，热血沸腾的参赛者丝毫没有察觉到杀机四伏，仍旧挥洒着汗水沿花园大街向前跑去。

第一枚炸弹没有爆炸，这令蓝狼军团大失所望。因为上一个路口是引爆炸弹的最佳位置，在这之后人群便开始变得稀稀拉拉，难以形成规模了。布鲁克分析刚才的炸弹之所以没有爆炸，肯定是红狮军团从中作梗，如果继续按照原来的计划行动搞不好还会失败，于是他突然改变了主意。

“美佳！收到请回答。”布鲁克呼叫道。

“什么事情？”美佳正急匆匆地往下一个路口赶。

布鲁克说：“行动方案有变，第二个爆炸地点换到花园大街的中间位置。红狮军团手中肯定有信号干扰仪，所以这次不要使用遥控炸弹。这次，你直接把手雷扔到人群中去。”

“不行！”美佳猛地从地上站起来大喊了一声。

这声大喊将好多人引得转过身来，朝她这边看。这些人在看了好一阵子之后，没有发现声音传来的方向有任何人，于是都莫名其妙地摇摇头，又转回身去。

美佳被吓出一身冷汗，再次坐到地上，小声地说："手雷点火之后，火光和冒出的烟会让我暴露，搞不好会被周围的警察抓住。"

"放心，只要手雷一爆炸，人群就会像疯了一样奔逃，警察还没冲到你跟前就会被冲散了。"布鲁克换了一种口气，"再说了，我们会在附近保护你，绝不会让你有任何危险。"

美佳最不相信的就是布鲁克最后这句话，因为她比谁都清楚，在蓝狼军团中没有真正的朋友，只有永远的利益。参加这个组织的每一个人都是贪婪之徒，他们为了金钱才走到一起，也只为了金钱才会去战斗。虽然美佳心里对布鲁克不满，但她还是遵从了布鲁克的命令。美佳加快步伐朝前走去，最终在花园大街的中间位置停下来。她站在人行路上朝马拉松比赛的路线上看去，几个年轻人抛洒着汗水正在向前冲。

美佳掏出一枚手雷，在手里掂了掂。那几个年轻人从她的面前跑过，但美佳却没有将手雷丢出去，因为她想等更多的人经过时再下毒手。很快，一群中学生朝这边跑来，美佳大致估算了一下，起码有二十多人。她的嘴角朝脸的一侧撇去，鼻子也跟着歪到了半边脸上，她做出了一个丧心病狂的决定。

“大头，你快点！”

这群中学生中有夏雪的同学——大头和豹子。豹子正在一边跑一边催促后面的大头。大头晃着大脑袋，跟得很吃力。他回头看去，没有发现夏雪的影子，便朝前面的豹子喊：“咱们已经把夏雪抛在身后老远了，是不是可以慢些了。”

听到这句话，豹子突然慢下来，皱着眉头对追上来的大头说：“刚才夏雪说她看到了隐形人，然后转眼就不见了。你说她会不会是在骗我？”

大头累得弯着腰，双手扶在膝盖上，气喘吁吁地

说："拜托你动脑子想想，这个世界上怎么会有隐形人？夏雪百分之百是在骗你。"

"那她为什么要骗我呢？"豹子不解地问。

大头晃了晃脑袋，自作聪明地说："那还用说，她是想把你吓跑，轻松地赢得比赛。"

这两个人一说话，速度就慢了下来，而原来和他们在一起的人则都跑到了前面。

看着已经来到面前的人群，美佳将手雷的拉环套在食指上，然后扬起手臂准备将手雷抛过去。

第七章

追击隐形人

美佳的手臂向前挥去，四根手指已经松开，只留下扣住手雷拉环的食指没有松开。只要手雷从手里飞出去，拉环就会被拉开，一旦落入经过此处的人群中，定会造成难以估量的伤亡。可是，就在这千钧一发之际，突然一个人冲过来一把抓住了美佳的手腕。美佳的手臂被突如其来的力量拦阻，手雷没有飞出去，一下子掉在了自己的脚下。

“嘶——”

手雷冒着烟，火药燃烧所发出的声音令人胆战。

美佳见手雷掉在了地上，吓得用力一甩手腕，向一旁紧跑了几步，然后卧倒。

另一个人并没有跑，他冒着危险弯腰捡起手雷，用力抛向了马路旁的绿化带。

“轰！”手雷刚刚落地就炸开了花，而抛出手雷的人还没来得及完全趴在地上，分散而来的弹片就击中了他的后背，瞬时流出了鲜红的血。

“秦天！”夏雪冲上来，“你的后背在流血。”

拦住美佳的人正是秦天，他根本顾不上自己的伤痛，大声问：“隐形人跑到哪儿去了？”

“在那儿！”夏雪也不知道哪来的勇气，猛地朝还趴在地上的美佳扑去。

原来，在发现了隐形人后，秦天和夏雪便从比赛的队伍中撤了出来，一直在寻找隐形人。当他们来到花园大街中段的时候，夏雪正好看到美佳要抛掷手雷。在夏雪的指引下，秦天才阻止了美佳的袭击。

美佳听到爆炸声后，刚要站起身来逃跑，却被夏雪一把抱住了大腿。美佳抬起另一条腿朝夏雪踹去，但没有踹到夏雪，而是被赶来的秦天拦住了。秦天虽然看不见美佳，但是他能感觉到美佳出腿时发出的声音。他挥起拳头朝前打去，这一拳正好打在美佳的鼻梁上。鼻子

的血管是最脆弱的，美佳的鼻孔里立刻淌出了两条红色的“小溪”。

夏雪紧紧地抱住美佳的腿，就是不松手。美佳朝左右张望，心里暗骂布鲁克为什么还没有来支援她。

刚才的那一声爆炸将参加比赛的人都吓坏了，他们先是趴在了地上，然后站起来恐慌地奔逃。幸运的是，秦天将手雷抛到了远离人群的位置，只是有几个人受了轻伤而已。

“夏雪，我看见夏雪了。”大头刚刚从地上站起来便看到了夏雪。他觉得夏雪的样子太奇怪了，好像在抱着什么不肯松手。可是，大头并没有发现夏雪面前有任何东西。

“夏雪是不是遇到危险了？”豹子对大头说，“咱们快过去帮忙！”

两个人想朝夏雪的方向跑，可是慌乱的人群将他们挤得像无头的苍蝇到处乱撞。许多人已经逃散到了秦天和夏雪的位置，他们看不到隐形的美佳，只看到了行为怪异的夏雪和秦天。这些人没有心思研究夏雪和秦天在做什么，只顾着一股脑儿地往远处逃。秦天和夏雪被他们冲撞着，无法和美佳交手。

美佳趁着混乱，将腿从夏雪的手中抽出来。夏雪忙乱地去抓，想再次抱住美佳的腿，可是却抱住了一个正在逃跑的人的小腿。

“快放开我！”这个人气急败坏地朝夏雪喊。

夏雪赶紧松开手，连声说对不起。此时的美佳已经混进了人群中，秦天根本看不到她，所以干着急没办法。而夏雪透过一双双急匆匆赶路的腿，看到了美佳那两条与众不同的腿。美佳的裤子上布满了马赛克图案，这让夏雪能在很多腿中，一下子就捕捉到她的腿。

“跟我来！”夏雪拉着秦天朝人群中挤去。可是，夏雪的力气太小了，她根本不可能拨开人群，挤到别人的前面。

秦天伸开两只有力的大手，将人群向左右两侧拨开，给夏雪开辟出了一条通道。

“你要干什么？”被推开的人纷纷朝秦天怒吼，“是不是找揍？”

秦天像没听见一样，继续在人群中挤出一条路，朝美佳追去。夏雪已经看到了美佳的后背，只要再追上一点点，她就能伸手够到美佳了。可就在这时，他们身后却传来了一声大喊：“就是他，别让他跑了。”

秦天回头一看，有几名警察正从他的身后追来。警察是在追谁呢？莫非他们也看到了美佳？秦天还没弄明白，便看到一名警察指着他大喊：“你给我站住！”

秦天这才搞明白，原来这几名警察是来抓他的。警察之所以来抓秦天，是因为刚才有一名警察看到了秦天抛出手雷的一瞬间，所以他以为手雷是秦天引爆的。再说了，秦天现在是地铁爆炸案的嫌疑犯，这名警察马上就认出了他，于是更加坚信刚才的爆炸是秦天所为了。

前面是眼看就要抓到的美佳，后面是紧逼过来的警察，秦天陷入两难的境地。夏雪使出了浑身的力气，挤开了一个大个子，一把抓到了美佳的衣服。美佳头也不

回，倾着身子向前挣扎，想从夏雪的手中挣脱。夏雪的力气哪里会有美佳的大，抓在她手里的衣服眼看就要滑出去了。夏雪的指甲死死地扣住衣服就是不肯松手。

秦天正要挤到前面，根据夏雪手的位置去抓美佳，却被身后追到的两名警察一左一右地抓住了胳膊。此时的美佳转过身来，一掌打在夏雪的手上。夏雪疼得惨叫了一声，手差点儿就松开了。美佳见夏雪还没有松手，便猛地向前一冲。

“刺啦——”美佳的衣服被夏雪撕掉了一块。

而美佳则趁机钻进人群，像一条泥鳅似的溜走了。

两名警察抓住秦天不肯放手。

夏雪朝警察大喊：“你们抓错人了，坏人正朝前面跑呢！”

“这儿没你事儿！”警察训斥夏雪，“我们亲眼看见的，难道还会错吗？”

“眼睛也会骗人的。”夏雪冲上去拉警察的手。

警察恼火地对夏雪大喊：“这是袭警，你知道吗？”

夏雪被警察唬住了，哀求地说："警察叔叔，你们放了秦天吧！他真的是好人。"

夏雪的话音刚落，两名警察便莫名其妙地倒在了地上。原来是索菲亚和布莱恩赶到了，他们从后面用膝盖顶住了警察的后腰，手臂搂在脖子上向后一用力，便将警察摔倒在地。

"快走！"布莱恩朝秦天大喊。

秦天拉着夏雪，跟在布莱恩和索菲亚的后面挤进了人群。在拥挤的人群中，秦天很快便逃出了警察的视线。

由于发生了爆炸，举办方不得不终止比赛。其实，举办方完全不用宣布终止比赛，因为参赛者已经惊惶地逃光了。在空荡荡的赛道上，只剩下了几个不知所措的警察，还有被丢弃的矿泉水瓶。

美佳已经逃脱，这还要感谢那两名在危急时刻"出手相助"的警察。在美佳窝着一肚子火的时候，布鲁克带领其他队友出现了。

"你们都死到哪里去了？刚才我差点儿就被抓住了。"

美佳愤怒地吼道。

布鲁克耸耸肩，辩解道："我们是想跑过去帮你，可是当时人太多、太疯狂，把我们挤得东倒西歪，所以才没及时赶到。"

"见鬼去吧！"美佳朝地上吐了一口唾沫，"真是不怕神一样的对手，就怕猪一样的队友！"

"你骂谁是猪？"巴图瞪圆了眼睛。

"我就是在骂你，长得跟一头猪没有两样。"美佳正在气头上，说话自然难听。

巴图遭到了羞辱，恼羞成怒地伸出双手，狠狠地在美佳的胸前推了一下。美佳被推得向后倒退了几步，站立不稳，差点儿摔倒在地上。美佳本来就一肚子委屈和怒火，结果又被巴图推了一下，立刻火冒三丈。

"想打架，我奉陪到底！"美佳朝巴图扑来。

"都给我住手！"艾丽丝挡在两个人中间，"就知道窝里斗，大家要团结一致，完不成任务谁也拿不到佣金。"

"哼！"美佳放下了举起的拳头，气得呼呼地喘着粗

气，“看在艾丽丝的面子上，今天我就饶了你。”

巴图却不知趣地说：“是谁饶了谁，你自己心里清楚。”

“闭上你的臭嘴！”艾丽丝狠狠地瞪了巴图一眼，“少做一些仇者快亲者痛的傻事。”

这个时候最应该站出来说话的人是布鲁克，因为他是这支蓝狼军团小队的头领。但是，布鲁克不仅没有挺身而出，反而站在一旁偷偷地发笑，一副事不关己高高挂起的样子。布鲁克是个狡猾的家伙，其实这一切都是他捣的鬼。本来他可以在美佳遇到危险的时候赶过去帮忙，可是他却故意让美佳身陷险境。布鲁克之所以这样做，就是想让美佳知道只凭借她一个人的力量，是根本无法完成这次任务的。在一次次的失败之后，布鲁克再趁机逼迫美佳将隐身术传授给大家。

第八章 赶往神秘之地

这个世界上被隐身术困惑的人很多，除了布鲁克迫切地想知道其中的奥秘外，他的死对头——红狮军团的特种兵们更加急迫地想解开隐身术之谜。他们虽然成功地阻止了蓝狼军团的恐怖袭击，但是也摊上了大事儿。本来秦天就已经是地铁爆炸案的嫌疑犯了，这次警察又亲眼看到他投掷手雷，所以就是跳进黄河他也洗不清了。果然不出所料，当他们打开电视的时候，几乎所有的频道都在播报今天马拉松比赛爆炸案的新闻，同时发出了紧急通缉令，通缉的对象就是秦天。

“咱们必须尽快找到证据，为秦天洗清罪名。”劳拉焦急地说。

朱莉看了劳拉一眼：“你说得轻巧，要想找到证据谈何容易。”

“那我们就从破解隐形人的秘密开始。”亨特说，“只要破解了隐形人的秘密，秦天的罪名就可以洗清了。”

“也许下一步咱们该从这个东西入手。”秦天从口袋里掏出一块马赛克图案的布料。

“这是什么？”亚历山大瞪着一双牛眼问。

秦天把这块布料放在桌子上，说：“这是夏雪从隐形人的衣服上撕下来的。”

“一块破布有什么用？”亚历山大把这块布拿起来在手里抖了抖。

“别小看了这块布料，我猜测其中一定隐藏着隐身术的秘密。当这块布料和衣服还是一个整体的时候，我们根本看不到它。可是，当这块布料被夏雪从隐形人的衣服上撕下来以后，我们马上就看到它了。这说明布料里的某种神秘物质已经被破坏，所以它才变得可见了。”

其他人纷纷点头，赞同秦天的分析。虽然秦天分析得头头是道，可是从外表看去这就是一块普通的布料，怎样才能弄清楚其中的秘密呢？亨特突然眼睛一亮说：

“我知道谁能揭开这个谜底。”

“谁？”其他人都盯着亨特，等待答案。

亨特倒是不紧不慢起来，口香糖被他嚼来嚼去，发出“吧唧吧唧”的响声，令人心烦。

“秦天，你带上这块布料马上跟我出发。”

大家并没有等到亨特的答案，而是看到他拿起了放在桌子上的汽车钥匙，转身向门外走去。秦天将这块布料攥在手里，跟在亨特的身后。

“亨特！”索菲亚在身后大喊，“你们到底要去哪里？”

亨特回过头傲慢地说：“有些地方不是每个人都可以知道的。”说完，他头也不回地走到了屋外。

亨特驾驶一辆越野车，载着秦天疾驰而去。看着越野车消失在视野中，索菲亚充满怨气地说：“你们爱去哪里去哪里，本姑娘才没兴趣知道呢！”

秦天坐在越野车的副驾驶位置上，手里紧紧地攥着那块布料，他也不知道亨特要去哪里。不过，秦天可不像索菲亚那样喜欢问东问西，即使有很多疑问他也会憋

在肚子里慢慢地消化掉。

越野车疾驰在马路上，秦天看到在每一个路口都有警察的身影。秦天知道这些警察正在搜捕爆炸案的嫌疑犯，也就是自己。这有些出乎亨特的意料，他想驾驶汽车拐进一条小路，躲开前面路口的警察。然而，前面路口的警察很机敏，老远就发现了亨特驾驶的汽车，并朝他们做出了停车的手势。

“真是烦人！”亨特向右一打方向盘，汽车拐进了小路。

“站住！站住！”警察发现这辆汽车在故意逃避他们的检查，于是骑上摩托车从后面追了过来。

亨特把油门踩到底，越野车发出歇斯底里的怒吼声，向前冲去。后面追赶的警察一边加快了摩托车的速度，一边呼叫：“02注意，02注意，一辆黑色的勇士牌越野车朝你们的路口开去，请做好准备进行拦截。”

“02明白！”前面路口的警察一边回应，一边动手设置路障。

转眼间，亨特驾驶汽车已经出现在了下一个路口的前方。他看到一排像犬牙一样的铁齿拦在路上，这是用来扎爆汽车轮胎的。亨特接着向左右快速地瞄了一眼，发现都没有路口可以转弯，而后面的警察也追了上来，无奈之下他驾驶越野车径直朝障碍物冲了过去。

越野车像一阵疾风般从障碍物上冲了过去，一根根尖利的铁齿扎进了车胎里。警察赶紧躲到了路两旁，以免飞溅起来的路障碰上自己。他们眼睁睁地看着越野车冲了过去，等待着车胎爆炸汽车被迫停止的那一刻。可奇怪的是，这几名警察的眼珠子都快瞪出来了，也没有看到越野车停下来。不仅如此，他们还看到那辆越野车反而以更快的速度向前驶去。

“快追！”领队的警察这才反应过来，带领手下坐进警车，拉着警笛朝亨特驾驶的越野车追去。

亨特从后视镜中看到警车被甩在后面，变成了一个小黑点儿。嘴里的口香糖还在不停地嚼着，他盛气凌人地自言自语：“跟我斗，你们还嫩了点儿！”

秦天坐在副驾驶的位置，惊出了一身冷汗。他没想到亨特竟然会驾驶越野车直接从地刺上冲过去，更让他没想到的是汽车的轮胎从地刺上碾过之后居然没有爆胎。

“这到底是怎么回事儿？”秦天也被弄糊涂了。

“哈哈哈！”亨特得意地大笑，嘴角都快翘到耳朵根了，“咱们这辆越野车可不一般，它是绝对的野战吉普，特别是在轮胎的设计上采用了最先进的中央充气系统。”

“中央充气系统？”秦天还真是头一次听说。

亨特终于可以在秦天面前卖弄一下了，他骄傲地说：“简单地说，中央充气系统就是在轮胎被扎后，汽车中有一个专门的设备会自动为轮胎充气。”

“也就是说轮胎已经被扎破了，只不过有源源不断的气体被冲进轮胎，重新形成了压力平衡而已，对吧？”秦天问。

“嗯！”亨特点点头，“算你悟性不错。”

亨特驾驶汽车驶入郊外一条颠簸的土路，那几辆警车已经被亨特甩丢了。不过，亨特并没有因此而变得轻

松起来，反而显得更加紧张了。这辆越野车虽然装备了中央充气系统，但是并不意味着它可以一直这样跑下去。亨特刚才只是说了中央充气系统的优点，并未提到它的不足。其实，当汽车的轮胎被扎后，中央充气系统只能坚持90千米。

亨特丝毫不敢懈怠，驾驶越野车驶进了一个小镇，寻找汽车维修店。在这个小镇里要想找到一家像样的维修店实在太难了，最终他们在路旁找到了一家修理农用车的店铺。亨特把越野车停在店铺旁，朝正在低头忙碌的修车工喊道："师傅，我们有急事儿，能先给我们的车补胎吗？"

那名修车工抬起头说道："来修车的人都说自己有急事儿，比如我正在修的这台拖拉机，它的主人正等着驾驶它去耕田呢！"

秦天来到修车工面前，蹲在地上和他处于同一个高度，诚恳地说："师傅拜托您帮帮忙，我们给您双倍的修理费。"

修车工看了看秦天，用袖子擦去额头的汗说：“好吧，我先给你们修，但不会多收一分钱。”

“实在太谢谢您了。”秦天感激地说。

修车工朝秦天笑了笑，拿起工具朝越野车走去。修车工之所以答应了秦天的请求，是因为秦天蹲下身子和他平等地对话，而不是像亨特那样高高在上，双手抱在胸前，嘴里嚼着口香糖，一副傲慢的姿态。获得别人的尊重比获得金钱更重要，这一点也许亨特永远没有秦天体会得深。秦天从小在孤儿院长大，在他的成长经历中遇到过太多居高临下的目光，那些傲慢的施舍使他从小就异常渴望得到别人的尊重。

“我修的都是农用车，还是第一次修这么高级的汽车。”修车工开始动手了，“如果修不好，你们可不要怪我。”修车工拿着工具，低着头忙碌起来。

第九章

军事研究所

轮胎很快被补好了，秦天谢过修车工和亨特一起继续赶路。亨特驾驶越野车疾驰在乡间小路上，最终停在一家化工厂的门口。

“我们不是要揭开隐形人秘密的吗？”秦天看着亨特问道，“来这家化工厂做什么？”

亨特还是那副趾高气扬的样子，他一只手摘掉墨镜，另一只手推开车门，嚼着口香糖走下了车。“不要着急，过不了多久你就明白了。”亨特故弄玄虚，吊足了秦天的胃口。

化工厂的大门紧闭着，亨特用力敲了几下。秦天静静地听着敲门声，发现了其中的门道——三长两短。在亨特三长两短的敲门声过后，院子里也传来了一声敲击，好像在回应亨特发出的信号。亨特再次敲响大门，仍然是三长两短。作为一名内行，秦天一眼便看出这是一种接头的暗语。

果然不出秦天所料，在亨特第二次敲响大门之后，一个中年人将大门打开了一条缝。开门的人先是通过缝隙向外看了看，然后问："你们有胸章吗？"

亨特从口袋里掏出了一枚红狮军团的胸章在中年人面前晃了晃，调侃地说："如假包换。"

中年人这才放心地打开了门。亨特和秦天闪身进入院子。大门被迅速关闭，

中年人问："你们有什么事情，非要来这里不可？"从语气中可以听出，他对秦天和亨特的到来很不欢迎。

"你听说地铁和马拉松比赛爆炸事件了吗？"亨特反问。

中年人点点头："警察不是已经锁定头号嫌疑犯了吗？"他说完这句话，目光停留在秦天的脸上，"你不就是那个通缉犯吗？"

"没错，警察通缉的人就是我。"秦天笑了笑，"不

过，你相信吗？”

中年人摇了摇头，说："当然不信，你是红狮军团的成员。我们的原则是只为正义而战。"

"爆炸案是蓝狼军团干的。"亨特说，"他们掌握了一种隐身技术，所以警察根本看不到他们。我们来这里的目的就是想解开隐身术之谜。"

秦天掏出那块马赛克图案的布料，说："我怀疑蓝狼军团的隐身术跟这种布料有关。"

"明白了，你们跟我来。"中年人转身向前走去。两个人跟在他后面。

秦天小声地问："亨特，这里到底是什么地方？"

亨特贴在秦天的耳边以更小的声音说："这里表面上是一家化工厂，但实际上是红狮军团的军事研究所。"

亨特和秦天跟随中年人走进一个车间，里面有几个工人正在机器旁忙碌着。中年人带领他们绕过几台大机器，走进一间隐蔽的屋子。在这间屋子里，一个留着"地中海"头型的老男人正通过显微镜观察着什么东西。

“斯蒂芬教授，有两个人想请您帮忙。”中年男人走到老男人身边，恭恭敬敬地说。

这位被称为斯蒂芬教授的老男人，抬起头来仔细地打量着秦天和亨特：“你们是谁？”

没等亨特和秦天说话，带着他们进来的中年男人便介绍道：“这两位是红狮军团的特种兵，正在调查蓝狼军团的一项秘密军事行动。”中年男人又转过头对亨特和秦天说：“这位是斯蒂芬教授，红狮军团军事研究所的伪装技术研究专家，他一定能帮助你们揭开隐形人的秘密。”

双方都清楚了各自的身份，增加了相互的信任，交流起来就顺畅多了。秦天和亨特说明来意，将那块从隐形人身上撕下的布料交到了斯蒂芬教授的手中。

斯蒂芬教授掂了掂这块布料，感觉重量和普通的布料并无明显差别。他又仔细观察了布料的材质，发现这是一种化纤和棉质材料混合制成的布，也很常见。从外观上，斯蒂芬教授认为这块布料唯一与众不同的地方便是图案。这块布料的图案由数不清的马赛克斑

点组成，如果盯住这种图案不动，用不了一分钟就会觉得头晕目眩。

“虽然这些马赛克图案设计得非常巧妙，能够令人的眼睛产生错觉，但却无法达到隐身的效果。”斯蒂芬教授仔细观察着这块布料分析道，“其中的奥妙一定藏在布料里面，让我通过显微镜来观察一下。”

斯蒂芬教授将布料放置到显微镜下，一只眼贴到显微镜上开始观察。亨特和秦天站在他的身后，焦急地等待着。

“秦天，你说斯蒂芬教授能不能揭开隐身术的秘密？”亨特将口香糖吐出来，拿在手里捏来捏去。

秦天点点头：“我相信斯蒂芬教授，因为他是一位聪明绝顶的科学家。”

“噗！”亨特差点儿笑出声来，以他现在所站的位置，低头看到的正好是斯蒂芬教授的头顶。

斯蒂芬教授丝毫没有注意到秦天和亨特的对话，他正用一只手旋转着显微镜的镜筒，调整放大倍数；另一

只手拿着小镊子，在镜头下将布料的纤维挑起，细心地观察着。通过显微镜，这些布料上的纤维被放大了几十倍，甚至上百倍。一些用肉眼无法观察到的事物，在显微镜下却原形毕露。

当斯蒂芬教授用小镊子夹起一根纤维仔细观察的时候，他发现这并不是一根普通的棉质或化学纤维，而是一根超级细小的光纤。这一发现令斯蒂芬教授大为惊喜，他继续挑开布料上的纤维，更加令他吃惊的画面出现了。

“这不是一块普通的布料，而是一个布满了‘神经系统’的超级网络。”斯蒂芬教授自言自语地说。

“教授，您已经破解了隐身术的秘密了吗？”亨特听到斯蒂芬教授的话，急忙凑过去。

斯蒂芬教授把眼睛从显微镜上移开，抬起头来看着秦天和亨特，充满自信地说：“一切尽在掌握之中。”

斯蒂芬教授的话让秦天和亨特差点儿狂喜地欢呼起来，如果隐形人的秘密被揭开，他们就可以拿到证据，不但能够证明秦天的清白，而且还有助于挫败蓝狼军团

的阴谋。

“到底是怎么回事儿？”秦天迫切地想知道答案。

斯蒂芬教授站起身来对秦天说：“你坐在显微镜前观察这块布料，我解释给你听。”

秦天坐下来模仿斯蒂芬教授的样子，将一只眼闭上，另一只眼放在显微镜的观察筒上。在显微镜的放大作用下，秦天的眼前呈现出了一种完全不同的景象，他甚至不敢相信自己看到的就是那块布料。

“表面上看去，这是一块普通的布料。而实际上，这是一块布满了线路的集成板。”斯蒂芬教授说。

斯蒂芬教授的话令秦天和亨特感到震惊极了，因为在他们的印象中集成线路板都是一块块可以看到的，像电脑主板那样的板子，而这块布料却非常柔软，而且只有巴掌那么大，怎么会是一块线路板呢？

“这种线路板和我们所见过的普通线路板不同，它采用纳米技术制造，只有放在显微镜下才能观察得到。”

听到此处，秦天仔细观察这块布料，果然发现了其

中的不同。秦天看到一条条被放大的纤维相互连接，其中好像还有某种液体渗出。

斯蒂芬教授接着说："这些由纳米材料制造的电子元件和光纤被融入到布料中制作成外衣，便成了一件隐身战袍。"

亨特没听明白，皱着眉头问："即使这种布料是由纳米材料制作而成，又集成了精细的线路，可这又跟隐身有什么关系呢？"

"这个问题问得好。"斯蒂芬教授用欣赏的目光看着亨特，同时反问："你知道现在军事上的隐身技术都有哪些吗？"

这个问题难不倒亨特，他不假思索地答道："在陆地上，主要采用迷彩、变色、扭曲光三种手段；在水面下，主要采用减震、降噪、扭曲声波；在天空中，则是采用吸收、散射、绕射雷达波。"

"不错！"斯蒂芬教授像是遇到了知音，兴奋地说，"在陆地上，无论是迷彩、变色，还是扭曲光，目的都是

为了逃过可见光，也就是不被我们人的肉眼所看到。”

秦天和亨特听着斯蒂芬教授的讲解，像个小学生似的不停点头。不过，亨特还是有些心急，想直接切入主题，于是问道：“教授，您快说说蓝狼军团的衣服是如何让我们的眼睛看不见的吧！”

斯蒂芬教授用一只手扶了扶高度近视眼镜，另一只手伸到布料上捏了一下，然后将手伸到显微镜下，说：“秘密就在这里。”

第十章 解开隐身之谜

亨特盯着斯蒂芬教授的手看了又看，却什么也没发现。秦天透过显微镜则看到斯蒂芬教授的手上沾着一种透明的液体。

“教授，您是说在这种液体的作用下，才使衣服变成了隐身战袍？”秦天猜测地说。

“没错！”斯蒂芬教授非常肯定地说，“这是一种全新的隐身技术，叫作电子墨水隐身技术。你们都知道变色龙吧？它的身体会随着周围环境的改变而改变颜色，从而实现隐身。电子墨水其实就是受变色龙的变色功能启发而研发的，这种液体被充进由集成线路板和光纤交织而成的衣服中，就像充进了每一个细胞中。当然，还需要设计一个控制变色液体的程序，以及一个微型计算机来控制这些液体的变色。我猜测，这个微型计算机就

安装在这件衣服的帽子里。”

听斯蒂芬教授这么一说，亨特和秦天差不多弄明白了。亨特思索着说：“穿上这种衣服就如同变色龙一样，每个细胞都会自动感知周围的环境而改变颜色，从而在我们的眼皮底下消失。”

秦天突然想起了一件事情，问道：“教授，为什么有一个人可以看到隐形人呢？”

“谁？”

“夏雪。”

斯蒂芬教授怀疑地看着秦天，问：“你说的是真的吗？那个夏雪有什么与众不同吗？”

“当然是真的，这块布料就是夏雪从隐形人的衣服上撕下来的。”秦天从口袋里掏出一对隐形眼镜放到了桌子上，“夏雪是近视眼，她戴上了这种隐形眼镜之后才可以看到隐形人。”

“那问题肯定是出在眼镜上。”斯蒂芬教授拿起眼镜仔细察看。

秦天又有一个问题："可是，如果问题出在眼镜上，为什么我戴上这种眼镜后却还是看不到隐形人呢？"

一连串的问题弄得斯蒂芬教授一时也无法回答。"你们等等，我要进行一个光学实验。"说完，他拿着隐形眼镜走进一间光学实验室。

秦天和亨特在屋外焦急地等待着，希望斯蒂芬教授能够在走出光学实验室的时候，告诉他们一个令人满意的答案。结果没有令他们失望，斯蒂芬教授从光学实验室走出来的时候满面笑容，看来他已经找到了原因。

"如果我没猜错的话，你说的那个夏雪是三百度的近视，对吗？"斯蒂芬教授问。

秦天连连点头，感觉斯蒂芬教授简直太神奇了："教授，您是怎么知道的？"

斯蒂芬教授摊开手心，展示出秦天刚才给他的那两片隐形眼镜："我是根据这两个镜片判断出来的，当然这两个镜片并不是三百度。"

秦天觉得斯蒂芬教授更加深不可测了，因为这两个

镜片并不是夏雪的，而是他在眼镜店里根据夏雪的那款眼镜随便购买的，只有二百五十度。

斯蒂芬教授继续解释道："刚才我对这种隐形眼镜进行了光学测试，它是由一种特殊的树脂材料制作而成的，而且能够过滤掉橙色和绿色的光，不过要有一个条件，那就是要在三百度的镜片下才能实现。"

秦天似乎听出了其中的一些门道："您的意思是说，因为夏雪的眼睛近视是三百度，所以她戴上这种镜片的时候才会过滤掉橙色和绿色的光；而我的眼睛没有近视，所以即使戴上了这个近视镜，也不能过滤掉这两种光，对吗？"

斯蒂芬教授笑了笑，说："没错，我就是这个意思。"

秦天这才想起来，自己平时和夏雪一起出去的时候，有好几次都发现夏雪把某些东西的颜色看错了，当时还以为她是色盲。现在，秦天才明白原来都是隐形眼镜在作怪。

"教授，我更关心的问题是为什么过滤掉这两种颜色后，夏雪就可以看到隐形人了呢？"亨特问。

斯蒂芬教授说道："这个很好解释。蓝狼军团的隐形衣由电子墨水系统来控制，实现随时随地改变颜色。但是，这些颜色都是由七种基本色调组合而成的，如果这七种基本色调缺少了两种颜色，它的隐身性能就会被破坏。"

亨特若有所悟："原来如此，对于佩戴着这种眼镜，而恰好近视三百度的夏雪来说，隐形衣的变色是起不到作用的，所以她便可以看到隐形人了。"

秦天想，红狮军团的军事研究所真是藏龙卧虎，斯蒂芬教授竟然在如此短的时间内就破解了隐形人之谜。可是，秦天更关心的问题是，斯蒂芬教授能不能找到对付隐形人的办法。只有这样，他们才能找到蓝狼军团的犯罪证据，阻止他们更加疯狂的恐怖袭击。

就在红狮军团寻找隐形人的秘密时，蓝狼军团正一团混乱，发生着激烈的争执。

"这次行动之所以失败，是因为你们太自私，不肯在关键的时刻出手相助。"美佳朝其他人大喊。

泰勒将美佳咄咄逼人的手指从面前推开："你还说我

们自私，你更自私。如果你把隐身术传授给大家，咱们就能够同时采取行动，红狮军团就是有三头六臂也力不从心了。”

“就是嘛！”艾丽丝、凯瑟琳和巴图都跟着在一旁应和，“咱们是一条绳上拴着的蚂蚱，必须齐心协力才能朝一个方向出发，否则绝对是跑不了你，也蹦不了他。”

布鲁克看着美佳和其他人争执不休，一直没有说话。他在等待着最佳的时机，攻破美佳的心理防线。美佳本来是有理的，可是架不住群口围攻，渐渐地由上风转变为败势。

“不要再吵了。”布鲁克见时机已经成熟，便走上前来表情严肃地说：“告诉大家一个坏消息。”

其他人都闭上了嘴，目光聚焦在布鲁克的脸上。布鲁克停顿了片刻，目的是要吊足大家的胃口，达到欲擒故纵的效果。

“我刚刚接到了雇主的最后通牒，如果这周内不能完成任务，所有的定金都要原数退回，而且还要赔偿百分之五十的违约金。”布鲁克说道。

“什么？”其他人都瞪圆眼睛看着布鲁克，“原数退回也就罢了，怎么还要赔违约金呢？”

布鲁克掏出一份合同，在其他人面前抖了抖：“当初，咱们签合同的时候，最后一条明文规定——如若不能按时完成任务，除退回定金外，还要支付百分之五十的违约金。”

“唉——”巴图长叹了一口气，“当初只注意到他们的佣金很高，却没有看清最后一条，这真是掉进了雇主给咱们挖的陷阱。”

“不管是不是陷阱，咱们现在已经无路可退了。”布鲁克收起这份合同，“我看使用爆炸的方法来威胁对方放人已经没用了，咱们必须展开营救行动。”

“好！”凯瑟琳大叫一声，将枪狠狠地拍在桌子上，“我看早就该这么办。”

蓝狼军团到底签署了一份怎样的合同，他们究竟在为谁工作，又要营救出什么人呢？这还要从一个臭名昭著的恐怖组织说起。

第十一章 监狱中的罪犯

这是一个由极端的邪教徒组成的恐怖组织，首领是他们的教主——穆萨。他创办了一个以宣扬世界末日论为宗旨的邪教——末日教。末日教宣称世界末日即将到来，只有加入末日教，才能在末日到来那天逃避灾难。其实，末日教是一个彻头彻尾的以收敛信徒钱财为目的的邪教组织。在这个组织中除了穆萨还有一个重要的人物，那就是穆萨的义子——洛克多。他积极地在世界各地宣传末日教，神化教主穆萨的形象，建立传教网络，甚至发动信徒对异己进行暗杀。

在洛克多的组织下，末日教发展迅速，在世界各地的信徒已经达到了几百万。当邪教的本质被暴露之后，末日教开始遭到政府的取缔。于是，穆萨和洛克多组织信徒发动了反政府暴动。在暴动中，洛克多被警方抓获，

而穆萨则率领邪教组织的核心成员逃往了邻国。但是，逃到邻国的穆萨缺少了洛克多的帮助就如同断掉了左膀右臂，末日教的信徒迅速减少，开始出现生存危机。为了挽救末日教，穆萨决定将洛克多从监狱中救出来。于是，穆萨便找到了蓝狼军团，并开出令他们满意的价码。

蓝狼军团接到定金之后制订了第一套营救方案——那就是制造连环爆炸案，以此来威胁政府释放洛克多。但是，他们万万没有想到红狮军团在关键时刻破坏了他们的行动。现在，他们已经被逼上最后一条路，那就是直接到监狱进行营救。不过，洛克多被关在一个重犯监狱，那里由警察重重把守，根本不可能进去。

于是，话题又回到了美佳身上。在进行了一系列的铺垫之后，布鲁克亲自出马来劝说美佳："我知道你的隐身术秘密不能向外泄露，但是现在咱们已经被逼到了绝路上，如果不能救出洛克多，不仅要退回定金，还要自己掏腰包赔偿违约金。其实，这都不算什么，最重要的是蓝狼军团的名声扫地之后，我们就很难在雇佣兵的行

业里立足了。”

美佳的心理防线被一层层地击破，最终她叹了一口气，说：“好吧！那我就把隐身衣分给你们每人一件，但是不要再问我有关隐身衣的技术秘密。”说完，美佳转身带领其他人来到自己的房间，从床下拉出一个大箱子。打开箱子之后，其他人看到里面叠放着几件布满了马赛克图案的衣服。

“这就是你说的隐身衣？”巴图的语气中带着几分怀疑。

美佳点点头，说：“对，你们穿上试试吧！”

艾丽丝第一个拿起衣服穿在身上，对着镜子前后左右地照个不停，好像在进行一场时装表演。其他人也都跟着穿上了这种有马赛克图案的服装，但是他们都能看到对方，并没有实现隐身。

“美佳，你不会在耍我们吧？”泰勒有些不耐烦了，“这明明就是一件普通的衣服，根本就不能让我们隐身。”

美佳微微一笑，将上衣的帽子扣在了泰勒的头上，

然后对他说：“你轻轻地按一下最下面的纽扣。”

泰勒按照美佳所说，按下了最下面的一颗纽扣。奇迹在瞬间发生了，泰勒从其他人面前消失了。看到泰勒神奇地消失后，其他人也按下了衣服上最下面的一颗纽扣，果然每个人都变成了隐形人。

“哈哈哈！”布鲁克一阵开怀大笑，“有了隐身衣，我们就可以如入无人之境了。”

“美佳，如果你早把隐身衣拿出来给我们穿，洛克多早就被救出来了。”巴图露出贪婪的嘴脸，“剩下的那部分佣金也早就打进咱们的账户了。”

就在蓝狼军团开始策划新的行动方案时，在铁岭山重犯监狱中的一个人正静静地坐在囚牢里，等待着有人把他救出去，这个人就是洛克多。这座监狱里关押的都是重犯，最少刑期也是二十年以上。负责看守这座监狱的是全副武装的警察，他们时时刻刻地监视着监狱的每一个角落。在监狱院子里的中央位置有一个高高的警戒塔，上面站着一名警察，负责整个监狱的总体监视。

在通往关押重犯的牢房通道中，有三道大铁门，每一道门都由不同的人拿着钥匙，所以没有任何一个人可以直接进入牢房之中。即便是有人能同时打开三道大门，那也未必能救出里面的犯人。这是因为，每一间牢房还单独被一把大锁紧紧地锁住，而且每个角落里都有用来监控的摄像头。在监控室里二十四小时都有人负责值班，观察着监控画面。所以，别说是一个人走进去，就是一只蚊子飞进去都会被看得一清二楚。

午饭的时间，一名狱警提着饭桶，经过第一道大铁门，尔后这道大铁门被迅速关闭。第二道铁门被值班狱警打开，提着饭桶的狱警走进了第二道铁门与第三道铁门之间的通道，随之第二道铁门被关闭。当提着饭桶的狱警进入第三道铁门以后，这三道铁门则全部上了锁。也就是说，这三道铁门不会同时打开两道以上，绝对是做到了万无一失。

“开饭了！”狱警大喊一声。

每一间牢房里同时关押着四个人，他们的吃喝拉撒

睡都在这间牢房里完成，因此里面弥散着一股股恶臭。午餐是每人一个馒头，饿不死已经是万幸了。洛克多在这间牢房的四个人中是最瘦弱的，他还没挤到馒头跟前就发现袋子已经空了。

“是谁拿了我的馒头？”洛克多看着其他三个人。

根本就没人搭理洛克多，他们都低头啃着手中的馒头。洛克多愤怒了，走到一个身材魁梧的囚犯面前，指着他的鼻子说：“肯定是你把我的馒头藏起来了。”

这个囚犯把手中的半个馒头塞进嘴里，然后站起身来一把抓住洛克多的衣领，叫嚣道：“就是老子拿的，你能怎样？”

洛克多不识趣地伸出手，固执地说：“还给我！”

“好，我马上就还给你。”这名身材魁梧的囚犯，抡起拳头朝着洛克多的左脸就是一拳，嘴里喊着：“我还给你一拳头，你还要不要？”

洛克多被打得嘴角流血，连声哀求道：“不要了，不要了！”

身材魁梧的囚犯松开抓住洛克多衣领的手，从口袋里掏出了本来属于洛克多的白馒头，一口就咬掉了半个。洛克多蜷缩在囚牢的一角，看着馒头被吞进别人的肚子里，饿得两眼直冒金星。

在重犯监狱里，关押的都是穷凶极恶的罪犯，而像洛克多这种瘦小的家伙则会尝尽苦头。他慢慢地站起身来，双手抓住铁窗向外望去，其实他根本看不到外面的风景，因为囚牢里没有可以看到外面的窗户。

洛克多在等待一天中最幸福的时刻到来，那就是午饭后的放风时间。放风的时候，犯人并不可以走到院子里去，而是分批次地走到囚牢前面的一个走廊中。走廊被一根根手腕粗的铁棍子围起来，形成了一个大铁笼子。这些被放风的犯人就像一只只被关进笼子的野兽，即便这样他们也觉得已经很幸福了，因为这里可以享受阳光，呼吸新鲜的空气。

终于轮到洛克多所在的监牢放风了，他拖着沉重的脚镣向可以享受阳光的牢笼走廊迈进。在这里他几乎没

有吃过一顿饱饭，还要时常忍受其他囚犯的凌辱，所以这副脚镣对于他来说显得太沉重了。

洛克多把脸贴到铁栅栏上，鼻子用力地嗅着清新的空气。突然，他好像听到有人在小声地呼叫自己的名字。洛克多左右环顾，除了那几个可恶的狱友外，并没有看到其他人。看来是饿得出现幻觉了，洛克多这样想着，闭上了眼睛继续享受阳光。

“洛克多，洛克多。”刚刚闭上眼睛，呼唤声又在洛克多的耳边响起。

这次，他没有再睁开眼睛，因为他知道这是幻觉，不必理会。可是，洛克多竟然感觉到有人在揪自己的耳朵，难道这也是幻觉吗？不，这绝不是幻觉，因为洛克多明显感觉到自己的耳朵被拉长了，而且还很疼。

“是谁？”洛克多睁开眼睛，警觉地观察着，但仍然没有发现其他人。

“别找了，你看不到我的。”洛克多听到那个人的声音在自己的耳边再次响起。

“你到底是谁？我为什么看不到你？”洛克多的心中燃起了希望，猜测肯定是穆萨派人来救自己了。

“我是穆萨派来救你的。”果然，洛克多猜中了这个隐形人的来意。

“你快救我出去。”洛克多哀求地说，“再不救我出去，我就要死在里面了。”

“别着急！”隐形人小声地说，“记住，今晚不要睡觉，今晚十一点我们准时行动。”

洛克多激动得双手抓住栏杆使劲儿地摇晃，同时问道：“你们一定要来救我，一定！”

“喂！你在干什么？”一名狱警看到了洛克多的异常举动，手持着警棍朝他急匆匆地走来。

第十二章

网络攻击

洛克多看到狱警朝他走来，吓得赶紧松开抓住铁栏杆的手，站得像电线杆一样笔直，两手下垂紧紧地贴在身体的两侧。

“你刚才在做什么？”狱警隔着铁栏杆问。

“报告警官，我刚才在自言自语，除此之外什么也没做。”洛克多像士兵看到了将军一样，规规矩矩的。

狱警的目光像两把刀子，盯得洛克多浑身发抖。不过，狱警在观察了洛克多几秒钟后见他并没有什么异常，也就转身离开了。

洛克多见狱警离开后，又贴近铁栏杆，小声地对着外面说：“喂，你还在吗？”没有人回应洛克多。他将手伸出栏杆，只抓到了一把空气。那个隐形人不知道什么时候，已经悄悄地离开了。

隐形人不是别人，正是蓝狼军团的美佳。她这次秘密地潜入铁岭山重犯监狱，是在为劫狱做准备。蓝狼军团已经孤注一掷，将不惜一切代价把洛克多从监狱里救出来。

这个世界上没有不透风的墙，红狮军团耳聪目明，思维缜密，根据蛛丝马迹，顺藤摸瓜，他们已经察觉了蓝狼军团的行动企图。秦天和亨特还没有回来，其他人在红狮军团营地焦急地等待着，但是他们也没有闲着。索菲亚是一位黑客高手，正通过网络搜寻蓝狼军团的踪迹，试图找出他们制造连环爆炸案的原因。

天气很热，索菲亚的额头冒出豆粒大的汗珠。亚历山大怜香惜玉，主动站在旁边为索菲亚扇风驱暑。一向高傲的朱莉，看着亚历山大的举动，不知道是醋意大发，还是恶心反胃，哼了一声，昂着头离开了。

亚历山大是个粗犷的人，根本没有注意到朱莉的举动，他一边为索菲亚扇着扇子，一边问："你查到什么信息没有？"

索菲亚的眼睛紧盯着电脑屏幕，手指不停地敲击着键盘，屏幕上一个长条形的对话框中飞速地跳动着数字。突然，数字停止了跳动，长条形的对话框一下子弹开了，整个屏幕被一串串的交易代码所覆盖。

“这是什么？”亚历山大把头凑到屏幕前仔细观看，但仍是一头雾水。

索菲亚没有说话，只是用手将亚历山大的大脑袋推开。她目不转睛地盯着这一串串的数字，好像在思考着什么。亚历山大一言不发，站在索菲亚身后不停地扇着扇子，等待索菲亚的答案。

时间一秒秒地过去，屋内静得可以听到挂钟的嘀嗒声。突然，索菲亚若有所悟地自言自语道：“原来蓝狼军团是醉翁之意不在酒呀！”

“难道你发现了蓝狼军团的秘密？”亚历山大憨憨地问。

索菲亚点点头，说：“一个惊天的大秘密！”

此言一出，布莱恩和劳拉也围到了索菲亚的身边，

唯独朱莉却不见踪影。朱莉是一个以自己为中心的人，如果她不能成为焦点，那么也绝不会去关注别人。

“索菲亚，你发现什么大秘密了？”布莱恩的猎奇心被激发出来。

索菲亚指着电脑屏幕说：“这是蓝狼军团最近的账户交易信息，有一大笔钱在一周前打入了他们的账户。”

“蓝狼军团个个都是唯利是图、爱财如命的家伙，肯定是又有人雇佣他们做坏事了。”劳拉分析。

“那还用说，说不定就是雇佣他们制造爆炸事件。”亚历山大补充道。

“从电脑信息上看，给蓝狼军团打钱的是一个叫穆萨的人。”说到这里索菲亚问道，“你们知道穆萨是谁吗？”

亚历山大摇摇头，回答：“我哪里知道他是哪根葱？”

劳拉突然眼前一亮，说：“我想起来了，末日教的教主就叫穆萨，不过他已经潜逃到国外了。”

“没错！”索菲亚接着说，“虽然穆萨逃到了国外，但是这个邪教组织的骨干成员，也就是穆萨的义子却被

抓了起来。”

这一连串的信息综合到一起，布莱恩也变得豁然开朗起来。他不停地点着头，自言自语地说："原来是这样啊！”

“原来是哪样啊？”亚历山大的榆木脑袋还是没有开窍。

布莱恩分析道："穆萨花重金雇佣蓝狼军团，就是要把他的义子救出来。而蓝狼军团制造爆炸事件，无非是想通过这种手段来威胁政府放人而已。”

“咱们已经破坏了蓝狼军团的计划，他们的恐怖袭击没能得逞。”亚历山大自豪地说。

“正因为如此，蓝狼军团雇佣兵将会改变策略，也许他们会直接到监狱去救人。”布莱恩推断。

“劫狱！”其他人几乎同时喊出了这两个字。

“你快查查穆萨的义子被关在哪座监狱？”亚历山大催促索菲亚。

索菲亚不愧是绝世的黑客高手，她攻入了监狱系统

的内部网站，在服刑人员的名单上找到了洛克多的名字。在洛克多的名字后面，他们看到了“铁岭山监狱”这几个字。

“快，咱们必须马上赶往铁岭山监狱。”布莱恩转身拿起放在墙边的狙击步枪。

“还是等秦天和亨特回来再说吧！”劳拉拦住了布莱恩。

“不用等，我们回来了。”话音刚落，一个嘴里嚼着口香糖，无论何时何地都戴着一副墨镜的家伙走了进来。

秦天紧跟在亨特的身后，也戴上了一副眼镜。这让大家感到有些惊讶，因为秦天从来不戴眼镜。

“你们揭开隐形人的秘密了吗？”索菲亚问。

秦天和亨特将在红狮军团军事研究所发生的事情讲述了一遍。然后，秦天掏出几副看上去很怪异的眼镜递给大家，说：“戴上这种眼镜，隐形人便无处遁形了。”

这种眼镜是斯蒂芬教授通过对夏雪所佩戴的那种隐形眼镜进行研究之后，根据光学原理进一步改造而成的。

只要戴上它，隐形人便会现形呈现在眼前了。戴上眼镜，携带上武器装备，红狮军团向铁岭山监狱出发了。

这晚，洛克多坐在监牢里静静地等待着。他清楚地记得，隐形人对自己说会在今天晚上的十一点准时来救他。看着同一个监牢里的其他人都睡着了，听着鼾声在耳边响起，洛克多的心情却始终无法平静。监牢里没有钟表，他不知道现在到底是几点钟。

洛克多蹑手蹑脚地走向窗口，朝走廊里看去。走廊里灯光明亮，却静得如同停尸间。监牢里有严格的作息时间，每间牢房里的囚犯都必须无条件地遵守，否则就会受到惩罚。犯人都乖乖地躺在床上睡觉，唯独洛克多心神不宁地一会儿坐下，一会儿站起来。

在监控室里，值班狱警通过摄像头清晰地看到了洛克多的异常举动。他通过对讲机向牢房的值班狱警进行了通报。这名狱警穿过一道道隔离门，走到洛克多被关押的那间牢房。

“洛克多，你怎么还不睡觉？”狱警隔着铁栅栏朝里面吼。

洛克多没有想到自己的举动被狱警注意到了，吓得笔直地戳在狱警面前，哆哆嗦嗦地撒谎说："报告警官，我……我……肚子疼，睡不着。"

"我看你不是肚子疼，而是屁股痒了，是不是？"狱警握着警棍，恶狠狠地说。

洛克多当然听出了狱警的言外之意，他下意识地双手捂住屁股，卑微地哀求道："警官，我马上就睡觉，您别发火。"

洛克多迅速地躺到了床板上，假装闭上眼睛。狱警见洛克多没有什么可疑的地方，便转身朝外面走去。狱警刚刚离开，洛克多就睁开了眼睛，因为他刚才特别留意了狱警手腕上的那块手表，现在已经是深夜十一点了。洛克多想，怎么还没有人来救我呢？难道白天的时候，是我产生幻觉了吗？

第十三章

深夜劫狱

狱警已经走出第一道大铁门，洛克多听到了“咣当”一声响。他立刻站起来，将耳朵贴在墙壁上，试图听到外面的动静。洛克多所在的监牢位于整座监狱的最后一栋，隔着厚厚的钢筋和水泥，外面是几米宽的空地，然后便是高高的围墙，围墙上面围着一圈电网。

尽管防范措施如此严密，但此时此刻还是有人悄悄地爬上了墙头。监狱院子中央的塔楼上，一盏探照灯不停地移动着，光线所过之处亮如白昼。但是，当强光从后墙上移过之后，站岗的武警并未发现有人正在破坏着电网。

“咔嚓！”一把锋利的电工钳剪断了一根通着电的铁丝。紧接着，第二根、第三根……没几分钟可以轻松通过一个人的大豁口就被打开了。

剪开电网的人是凯瑟琳，她穿着隐身衣，当然不会被狱警发现。“可以上来了。”凯瑟琳小声地朝墙下说。紧跟着，两个无踪无影的人爬上了墙头，翻进了监狱的院子里。

“跟我来！”美佳对布鲁克和凯瑟琳说。

美佳早就把整个监狱的布局摸得一清二楚了。她轻车熟路，带着布鲁克和凯瑟琳来到了关押洛克多的那间牢房外。虽然，他们已经实现了隐身，但是要想进入监牢，把人救出来也是不可能的。所以，他们打算采用非常极端的手段——爆破。

布鲁克将一块高能炸药吸在墙壁上，然后和其他人一起躲出十多米远。而在监牢里的洛克多正焦急地等待着，突然一声巨响在他的耳边响起，墙被炸出了一个大洞。乱飞的碎砖砸在洛克多和他的狱友身上，令他们疼痛难忍。

“快跟我走！”紧接着，洛克多听到有人在他的耳边大喊一声，但是他并没有看到人。他的手已经被一个人拉住，并被他用力拽出了监牢。和洛克多在同一间牢房里的三个囚犯看到墙被炸出一个大洞，也都趁机逃了出去。

洛克多不知道是谁在拉着自己跑，但是他能感觉到来救自己的人绝对是经过训练的高手，因为在几秒钟之内他已经被拉到了围墙上。

“抓住他们！”负责看守监狱的狱警迅速赶来了。他们手里提着枪，正好看到和洛克多在同一牢房里的三个囚犯正往墙头上爬。

“快下来，不然我们就开枪了。”狱警朝三名囚犯喊道。

这三名囚犯都是穷凶极恶的罪犯，将在监牢里度过后半生，所以才不会听狱警的话。一名狱警举起枪朝已经爬上墙头的囚犯开火，子弹正中他的小腿。囚犯在墙头上晃了晃，“扑通”一声栽了下去，不过没有栽倒在围墙里面，而是掉到了围墙的外面。另外两名囚犯还没有来得及爬上围墙，就已经束手就擒了。

栽倒在墙外的那名囚犯还不死心，拖着受伤的腿继续向前跑去。几名狱警也翻过围墙，一边大喊一边朝他追去。这名腿部受伤的囚犯哪里能跑得过狱警，所以很快就被追上并制伏了。

“还少一个人。”后面追来的一名狱警大声喊道。

探照灯朝囚犯逃跑的方向照去，洛克多的踪影被锁定。追击的狱警看到洛克多独自一人，奔跑在山间的小路上。

铁岭山重犯监狱所处的地方三面环山，其中南面和东面的山峰陡峭，根本无法通行，西面是比较低缓的山地，绵延几十公里，生长着密林。而现在，洛克多正在朝北面奔跑，那里有一条可以行驶汽车的山路。

在洛克多身后有两名狱警追得最紧。他们向天鸣枪，同时大喊：“站住，再不站住，我们就要开枪了。”

洛克多像没听见一样，仍旧不顾一切地向前疾奔。前面是一个山坳，转过山坳便是那条通往山外的大路了。紧追过来的两名狱警担心在大路上有车辆接应洛克多，于是便举起手中的枪准备朝他射击。

“砰！”

一声枪响过后，倒在地上的不是洛克多，而是那名举起枪要进行射击的狱警，子弹从何而来不得而知。

这一枪打得太狠毒了，丝毫不给对手生还的余地。另一名狱警蹲在地上，呼唤自己的队友，见他已经没有了生命的迹象，便发疯般地一边追赶一边朝洛克多开枪。

这名狱警还不知道，洛克多不是一个人在战斗，而是有一个雇佣兵小队在营救他。布鲁克和美佳在前面拉着洛克多，所以他才跑得那样快。凯瑟琳则一边跑一边负责掩护。刚才，那颗夺命的子弹便是凯瑟琳发射的。别看凯瑟琳是一名女性，但在蓝狼军团中如果按照狠毒的程度来排序，她若是排第二，则没有人敢排第一。

“砰！”又是一声枪响，不过这一枪不是凯瑟琳打响的。在山坳的转弯处，有一个人早就等得不耐烦了，他就是泰勒。他站立在山坳处，采用立姿进行射击，子弹直奔另一名狱警而去，但并没有击中狱警的要害部位。狱警的右肩中弹，身体向侧面一斜，枪掉在了地上。后面又有几名狱警追了上来，朝着洛克多逃跑的方向连续开枪。

躲在山坳处的泰勒和巴图瞄准追来的狱警，冷血地扣动扳机。一名名追上来的人应声倒地。不过，洛克多也在乱枪之中受伤，一发子弹从背后击中了他的肩胛骨。

汽车发动机的响声已经在山谷间响起，艾丽丝早就做好了随时出发的准备。布鲁克将洛克多拉到山坳的转弯处，一把将他塞进越野车。随后，他和美佳也坐进了这辆汽车。艾丽丝一踩油门，越野车沿着山路疯狂地疾驰而去。

凯瑟琳坐进另一辆越野车的驾驶位置。汽车早已经发动好了，她朝泰勒和巴图大喊："快上车！"

泰勒和巴图负责断后，他们竟然还没有打过瘾。这种可以看到对手，却无法被对手发现的战斗，令他们找到了可以随便欺负人的感觉，满足了他们恃强凌弱的本性。

巴图通过瞄准镜观察着一位追来的狱警，本来在黑夜里他并不能看清距离如此远的人，可是监狱塔楼上的探照灯将目标区照得一片通明，反而帮了蓝狼军团的大忙。这些追来的狱警就像暴露在枪口下的猎物，随时都有被猎杀的可能。巴图锁定一名狱警的要害，毫不犹豫地将子弹击发而出。在瞄准镜中，他看到那名狱警的身体径直向前栽倒，地面被砸起了一阵尘土。

“见鬼，你们两个还走不走？”凯瑟琳朝泰勒和巴图怒吼道。

“马上就撤！”说着，泰勒从腰间摘下一枚手雷，朝追来的几个人扔去。一声巨响过后，冲天的火光将黑夜照得如同白昼。

泰勒和巴图在火光中，坐进越野车。越野车像子弹头一样被瞬间弹射出去，在发动机的怒吼声中飞速驶离，只留下一股烟尘和难闻的尾气味。

在手雷爆炸之后，追来的狱警多人受伤，他们眼睁睁地看着一辆“无人驾驶”的越野车开远了。几辆警车从监狱的院子里拉着刺耳的警笛朝这条山路追来。铁岭山重犯监狱自建立至今，还没有发生过一起囚犯成功越狱的事件，而这一纪录这天被改写。

艾丽丝驾驶第一辆越野车已经驶出几千米远，山路虽然难行，但是却没有一辆车阻挡住前方的道路，所以越野车的性能被发挥到了极限。洛克多坐在越野车的后排座位上被颠得肠子都缠到一起了。他的肩胛骨被击中，

此时正向外流着鲜红的血。

“你们能不能给我包扎一下伤口。”洛克多虽然看不到是谁救了他，但是他知道这几个人就在他的身边。

美佳有些不耐烦地说：“你忍着点，死不了。”话虽如此，但她还是从越野车的急救箱里取出消毒酒精，打开瓶盖直接就倒在了洛克多的伤口上。

“啊——”洛克多一阵惨叫，五官全部挪动了位置。

“到底是不是男人啊？这点疼痛都受不了。”说着，美佳将止血药倒在纱布上，然后朝着洛克多的伤口一拍。

洛克多不免又发出了鬼嚎般的叫声。美佳像没听见一样，快速地将纱布固定，用绷带绕过洛克多的肩膀将伤口包扎好。

“砰砰砰——”就在洛克多龇牙咧嘴的时候，一阵枪声从后面传来。

第十四章

半路截击

凯瑟琳驾驶第二辆越野车在后面负责掩护，汽车大灯射出的两道光柱将前方的道路照得通明，却也因此暴露了踪迹。警车从后面追来，并向凯瑟琳驾驶的汽车发起攻击。

泰勒摇下车窗，将枪管伸出去，朝紧追在后面的警车连续射击。但是，汽车在高速运动的状态下，射击的精确度难以得到保证，子弹无一命中追来的警车。

“喂，你别费劲了。”巴图一把将泰勒探在外面的身子拽回来，“看我的。”

泰勒不屑地看着巴图，问：“难道你的枪法比我的好？”

“虽然我的枪法不如你，但是我这儿比你好使。”巴图一只手指着自己的脑袋，另一只手则掏出了一枚手雷，

他用牙齿咬住拉环，向后一拉。接着他将手雷丢到车窗外，得意地对泰勒说："你就瞧好吧！"

短短的几秒钟之后，一声巨响传来，巴图从后视镜看到后方火光闪起。手雷爆炸得稍微早了那么一点点，紧追而来的第一辆警车上，驾驶员赶紧向一侧猛打方向盘。警车的行驶速度太快，在躲避手雷的过程中完全失去了控制，连续翻了几个跟斗，最终四轮朝上停在了路旁。

紧随其后的第二辆警车来不及躲避，直接撞到了第一辆警车上，顿时油箱开裂，燃起了熊熊大火。随后赶来的警车赶紧停下来，拿出灭火器抢救两辆车里被困的伤员。巴图和泰勒通过越野车的后视窗将这一幕看得一清二楚。追来的警车只忙着自救，已经无法顾及逃跑的蓝狼军团了。

"刚才的手雷扔得好，给你们记头功一次。"车载电台里传来布鲁克的声音，"全速前进，务必在三十分钟内驶出这段山路。"

“明白！”凯瑟琳一只手稳住方向盘，另一只手按下了通话按钮，同时脚下的油门踩到了最大。

蓝狼军团驾驶着两辆越野车，一前一后，嚣张地行驶在山路上，很快就要将洛克多载到安全地带了。每个人的心里都美滋滋的，因为余下的一大笔佣金就要打进他们的账户了。

窗外的树影飞速地向后倒退，坐在副驾驶位置的布鲁克打开车载音响，身体随着音乐左右摇摆，显然已经完全不再担心后面的追兵了。突然，迎面出现了两束灯光，一辆汽车从对面行驶而来。布鲁克心想：谁会在深更半夜跑到荒山野岭来呢？不好，会不会是有人从前面来围堵我们了呢？他突然紧张起来。

“全体注意，发现一辆汽车迎面驶来，做好战斗准备。”布鲁克立刻通过车载电台向后面汽车里的人发出通报。

蓝狼军团的雇佣兵刚刚放松的神经再次紧绷起来，他们纷纷握紧武器，将子弹推进枪膛。艾丽丝并没有减速，而是将越野车的车速提到了最大，想尽快地与对面的车辆擦肩而过。可是，对面驶来的汽车却突然减慢了速度，汽车大灯直朝着他们的汽车玻璃照来。艾丽丝的眼睛被晃得难以睁开，瞳孔在强光的刺激下紧急收缩，眼前变得一片黑暗。即使是这样，艾丽丝仍旧没有减速，她稳住方向盘继续向前快速开去。

令艾丽丝和布鲁克没有想到的事情发生了，对面的汽车竟然停了下来，并且横在了山路上，她这才看清这是一辆七座越野汽车。艾丽丝判断这辆汽车绝非偶然出现，而是专门来拦截他们的。现在，艾丽丝只有两个选择：要么径直朝横在路上的越野车撞过去，冲出一条路来；要么在这辆越野车跟前停下来，一看究竟。

以艾丽丝的风格，她当然会毫不犹豫地选择撞过去。不过，艾丽丝绝不是毫无经验，愣头愣脑地撞到那辆车上，弄个两败俱伤。她是一位战斗经验丰富的老手，瞬间便选择好了撞击的部位。

如果是一个没有经验的人，肯定会选择撞击这辆车

的中部，可那样自己的车也会严重受损，被拦阻在途中；也许还有人会选择撞击这辆车的头部，但这也不是明智的选择，因为车头是整个车身最重、最结实的部位，这样做也会导致两败俱伤。艾丽丝选择了撞击车尾，因为车尾基本是一个空壳子，是一辆车最脆弱的部位。而且撞击车尾后，被撞的车辆会原地旋转，由横的状态被撞成竖的状态，从而将道路开辟出来。这样一来，凯瑟琳驾驶的车就可以毫无障碍地通过了。

可是，艾丽丝的如意算盘还没有来得及实施，令她意想不到的事情便发生了。她看到横在路上的汽车的车窗被降了下来，一枚手雷冒着烟从车里飞出，径直朝自己的汽车砸来。

“不好！”

艾丽丝大叫一声，下意识地猛踩刹车。布鲁克毫无防备，一头撞到了挡风玻璃上，差点儿晕厥过去。美佳也好不到哪儿去，她的脸狠狠地拍在了前面的座椅后背上，鼻梁骨瞬间便被撞断了，血像泉水一样从鼻孔中涌

了出来。最惨的要数洛克多，受伤的肩胛骨在强烈的撞击下几乎断裂，令他痛不欲生。

这还不算什么，紧跟在后面的凯瑟琳虽然反应很快，也跟着踩下了刹车，但是由于车速过快，汽车向前滑行了几十米，又顶到了前面越野车的尾巴上。刚刚缓过神来的几个人，又被狠狠地撞击了一下，差点儿去见了阎王。

不过幸运的是，艾丽丝刹车及时，迎面抛来的手雷并没有砸到他们的车上，而是落到了车前几米远的位置。

“轰！”巨响伴着火光，一阵气浪夹杂着弹片朝四面八方飞散而去。

手雷爆炸产生的弹片将越野车的前挡风玻璃击碎，艾丽丝和布鲁克双手护住头部，将上身压低。破碎的玻璃落到了两个人的身上，但并未对他们造成致命的伤害。躲在后面的美佳和洛克多将身体藏在座椅的后面，没有被碎玻璃击伤。

到底是谁半路杀出拦住了蓝狼军团的去路呢？布鲁克用脚趾都能想到是他们的死对头——红狮军团。没错，

那辆横在山路上的车里，坐着的几个人正是红狮军团的队员。

在索菲亚采用网络攻击，分析出蓝狼军团可能要前往铁岭山监狱之后，红狮军团立即出动。虽然，他们来晚了一步，洛克多已经被救出，但他们还是在半路上截住了蓝狼军团。

如今，红狮军团已经佩戴了斯蒂芬教授研制的特殊眼镜，在这种眼镜的作用下，蓝狼军团的隐身衣完全失去了效用。亨特清清楚楚地看到艾丽丝的头抬了起来，双手抓住方向盘，准备驾驶越野车冲过来。

“再给他们一点颜色看看。”亨特大喊一声。

其他人早就做好了攻击的准备，亚历山大端起狙击步枪，对准艾丽丝的位置就是一枪。

蓝狼军团并没有那么蠢，其实这是他们耍的一个花招。在汽车发动之前，布鲁克就已经通过车载电台通知所有人做好了跳车逃跑的准备。艾丽丝将汽车的油门一脚踩到底，同时推开了车门，迅速地跳到了车下。她跳

车的动作稍稍比亚历山大发射子弹的时间提前了一点点，所以这颗子弹虽然穿过了残破的挡风玻璃，准确地射到了驾驶员的位置，但并没有击中艾丽丝。

在艾丽丝跳车的时候，布鲁克、美佳和洛克多也都各自从两侧的车门跳了出去。布鲁克和美佳都是训练有素的特种兵出身，应对这种难度并不算高的动作自然不在话下，可是洛克多就不行了，他的脚刚一落地，身体便在惯性的作用下向前倒去。

“哎哟！”洛克多发出了一声惨叫，因为他的肩胛骨本来就受伤了，再被这么狠狠地一摔，顿时便感觉到了一阵刺骨的疼痛。

“轰！”失控的越野车撞在路边的石头上，发出一声巨响，然后燃起了冲天的火光。

“砰砰砰——”枪声像放鞭炮一样，一声接一声地响起，已经跳到地面的蓝狼军团和红狮军团展开了激烈的交火。

第十五章

暗夜激战

泰勒、巴图和凯瑟琳从车上跳下，以越野车为掩护，向红狮军团发起猛烈的攻击。亨特立即命令大家下车，或隐藏在车后，或躲在路旁的低洼处进行还击。

黑夜中，枪口喷出的火焰格外抢眼。布鲁克朝对面的洼地连续开了几枪，那里趴着的人是布莱恩。他将身体压得很低，完全隐藏在洼地里，子弹从布莱恩的头顶飞过，令他无法抬起头来。

“你们快把洛克多带走，我们留下来掩护。”巴图一边疯狂地射击，一边朝前面喊。

别以为他的品格很高尚，会牺牲自己的利益来保护队友，其实他有自己的小算盘。蓝狼军团的成员个个爱财如命，而巴图则是其中最贪婪的一个。他在想，如果洛克多出了意外，剩下的佣金肯定就拿不到了，搞不好

还要把已经拿到的定金退回去，那样的话到嘴的鸭子可就飞了。

布鲁克听到巴图的喊声，立刻收起枪，一个翻滚来到洛克多身边：“快跟我走！”他一把拽住洛克多，身体紧贴着地面采用低姿匍匐朝路旁的树林爬去。

美佳和艾丽丝见布鲁克向树林中逃去，也都停止了射击，两个人像壁虎一样贴在地面爬行，以免被红狮军团发现。

巴图一边不停地射击，一边朝泰勒和凯瑟琳大喊：“兄弟们，咱们的火力不能减弱，不然红狮军团就会发现有人撤离了。”火焰在枪口处连续地喷出，半个枪管都已经被烧成了红色。

红狮军团那边的枪声倒是少了很多，他们猜测蓝狼军团是在漫无目的地虚张声势，所以决定以静制动。在黑夜中，如果对方没有开枪，是根本无法判断对方的位置的。

巴图只是朝红狮军团隐藏的方向胡乱地开枪，他知

道自己并不能击中对手，但只要能掩护布鲁克带着洛克多撤退，便达到了目的。泰勒和凯瑟琳各怀鬼胎，他们担心被困在这里，所以一边开火一边悄悄地向树林的方向撤退。

藏在对面的秦天识破了蓝狼军团的诡计，因为他发现对面只有三支枪在不停地射击，与一开始相比减少了一半。秦天向腰间摸去，抓住了一个圆柱形的物体，这是一枚照明弹。

这枚照明弹是他在出发前，顺手从弹药箱里拿来的，没想到还真用上了。秦天将照明弹拉燃，用力地扔向了树林的方向。还没有落地，照明弹便在空中释放出强光，瞬间将几百米范围内的空间照得亮如白昼。在照明弹的光线下，秦天一眼便捕捉到了已经溜进树林的布鲁克和洛克多。

“他们跑进树林了。”秦天一声大喊，顾不得巴图发射过来的子弹，便从地上跃起，一个箭步朝树林里追去。

劳拉和布莱恩紧随其后，也跟着冲进了树林。本来

借助月光，在树林里可以模模糊糊地看到十几米开外的东西，但是在照明弹闪过之后，眼睛受到了刺激，视线反而不足三米了。

“朝这边追！”秦天凭借着头脑中的印象，朝布鲁克和洛克多逃跑的方向追去。

布鲁克很狡猾，知道在暗夜之中逃跑，绝不能发出一丝光线，否则便会暴露自己的位置，所以他叮嘱一同逃跑的艾丽丝和美佳千万不要打开手电，更不要朝追来的人开枪。

秦天停住了脚步，想仔细听听树林里的脚步声，以此来判断布鲁克现在的位置，可是树林外的枪声连成了串，将脚步声完全掩盖住了。

亨特率领其他人还在和巴图、泰勒以及凯瑟琳进行着较量，但泰勒和凯瑟琳已经做好了撤离的准备，他们马上就要溜之大吉了。巴图不知道今天是怎么了，变得格外英勇，一直战斗在最前线。也许，这就是天命——老天想要他的命。

朱莉悄悄地向侧面迂回，藏到路旁的一块大石头后面，将步枪架在上面，准备对疯狂射击的巴图发出致命的一击。巴图从弹袋中取出一个装满子弹的弹夹，卡到枪身上。他从未像今天这样英勇过，也许这就是金钱的力量。巴图将枪口重新伸了出去，准备继续朝红狮军团的方向射击，以此来掩护布鲁克带着洛克多撤退。可是，当他扣动扳机进行了一个点射之后，才发现这条战线上就只剩下自己在战斗了。

“这帮没义气的家伙，竟然都溜走了。”巴图突然觉得自己很傻，傻到了智商输给猪的地步。于是，他转身拎着枪也要撤入树林。

这简直是千载难逢的机会，朱莉迅速地锁定了离开隐蔽物的巴图，一发子弹从枪口喷射而出。朱莉并没有想要巴图的命，所以这枚子弹是朝巴图的大腿飞去的。

巴图突然感觉到一个东西钻进了自己大腿的肉里，然后控制不住地栽倒在地上。他知道自己中弹了，急忙大声呼救：“快救救我。”

刚刚跑进树林的泰勒和凯瑟琳都听到了巴图的呼救声，不过两个人都没有停下脚步。其实，泰勒的心里稍稍地迟疑了一下，不过他见凯瑟琳不但没有丝毫反应，反而以更快的速度朝树林深处跑去，便也放弃了去救巴图的想法。

泰勒紧紧地跟在凯瑟琳的后面，心想：这个女人真是蛇蝎心肠，以后要对她多加提防了。其实，在蓝狼军团的两位女兵——凯瑟琳和艾丽丝都比男兵更加心狠手辣，更加冷血无情。凯瑟琳之所以会抛弃巴图，是因为少一个人，她就会多分得一份酬劳。她的座右铭是“只有永远的利益，没有永远的朋友”。

可怜的巴图平时总是对凯瑟琳殷勤献媚，还以为这位女生是自己在蓝狼军团中关系最铁的队友。这真是“画龙画虎难画骨，知人知面不知心”，如果巴图知道在关键时刻抛弃自己的是凯瑟琳，他肯定会气得吐血而亡。

巴图连声呼叫，见没有人来救自己，只好拖着瘸腿连滚带爬地朝树林里逃。朱莉从隐蔽物后面跃起，朝巴

图逃跑的方向追去，准备将其活捉。巴图垂死挣扎，一边滚爬，一边朝身后开枪。朱莉屈身前进，呈蛇形线追赶，巧妙地躲避着巴图的射击。

只要再往前追几步，朱莉就可以将巴图按住了。可就在此时，不知道哪里飞来一枚子弹正中巴图的脑袋。瞬时间鲜血喷溅到了朱莉的脸上，巴图栽倒在地，抽搐了几下后便一动不动了。

朱莉站在原地一动不动，一只手拎着枪，一只手握紧了拳头，咬牙切齿，一腔怒火即将喷泄而出。

"朱莉，你看我的枪法棒吧？"朱莉正找不到罪魁祸首来发泄自己的怒火，亚历山大便主动送上门来了。

"你这个蠢货！"朱莉突然转过身来，指着亚历山大的鼻子破口大骂，"我想抓活的，你却突然冒出来要了他的命。"

亚历山大一肚子的委屈，因为担心巴图伤到朱莉，所以他才一枪将巴图击毙了。可是，他没想到朱莉是故意要抓活的，想从巴图的口里得到情报，尽快地帮秦天

洗脱爆炸案嫌疑犯的罪名。

“还愣着干什么，快追呀！”亨特朝朱莉和亚历山大大喊道。

此时，亨特和索菲亚已经追进了树林。其他人随后也追进了树林，但却看不到蓝狼军团的踪影了。

泰勒和凯瑟琳一刻不敢停留，踏着林间的落叶，快速向树林深处逃去。脚底与树叶摩擦，发出“嚓嚓嚓”的响声，泰勒回头看去，并未看到有红狮军团追来，这才松了一口气。

“不知道巴图现在怎么样了？”泰勒一边跑，一边问凯瑟琳。

凯瑟琳放慢脚步，用袖子擦了擦额头的汗，说：“人的命天注定，干咱们这行的，就是把脑袋挂在裤腰带上过日子，管好自己就行了，别人的死活老天自有安排。”

泰勒见凯瑟琳丝毫没有自责之心，也就不再提巴图的事情了。不过，从此以后他多了一个心眼，那就是任何时候都不要相信这个女人，更不要把她当作朋友。暂

时放下巴图的生死不去想，但他们不得不去想另一件事情，那就是布鲁克他们是否已经带着洛克多成功脱险了。洛克多是否能顺利地交到穆萨的手里，将决定着佣金是否能够全部到位，这才是他们最关心的问题。

凯瑟琳将耳机塞进耳朵里，将单兵电台的旋钮转换到蓝狼军团常用的频率，按下对讲按钮开始呼叫："布鲁克，我是凯瑟琳，听到请回答。"

凯瑟琳呼叫完毕，松开对讲按钮，等待布鲁克的应答。几秒钟过去了，耳机里没有任何响声，她再次进行呼叫："布鲁克，听到请回答。"

除了轻微的耳鸣声，凯瑟琳仍然没有听到任何声音。她的心中立即升起了不祥的预感——要么布鲁克他们被红狮军团抓获或击毙了；要么布鲁克想甩掉他们独吞巨额的佣金。

生性多疑的凯瑟琳想错了，其实这两种原因都不是。

第十六章

奋力追击

凯瑟琳之所以没有收到布鲁克的回应，问题根本不在布鲁克，而是因为凯瑟琳的单兵电台的电量已经不足，信号的发射距离大大缩短了。忙中出乱的凯瑟琳不但没有发现这一问题，反而对布鲁克产生了怀疑。

此时，布鲁克正拉着洛克多向树林深处疾奔，他不知道这片树林有多深，也不知道自己在往哪个方向跑，总之离红狮军团越远越好。艾丽丝和美佳紧随其后，不时地回头张望，生怕红狮军团追上来。

“我跑不动了，能不能休息一下？”洛克多本来体质就弱，这些天在监狱里总是食不果腹，身体素质更是急速下降，再加上肩胛骨处的枪伤，如此高强度的运动已经让他吃不消了。

“你想不想活命？”布鲁克并没有停下脚步，反而拉

着洛克多加快了速度。

洛克多用力挣脱布鲁克的手，上气不接下气地说：“我……我想活命，所以才要停下来歇一歇，不然没被枪打死，就已经累死了。”

“没用的家伙！”布鲁克狠狠地踢了身边的大树一脚，“真搞不懂，穆萨花那么多钱让我们把你救出去有什么用？”

“哼哼！”洛克多冷笑了一声，“你们这些武夫懂什么，我是靠头脑立足的，而不是靠出卖自己的命来赚取别人施舍的钱财。”

这句话可把布鲁克惹恼了，他听出了洛克多的言外之意——蓝狼军团就像乞丐一样需要穆萨的施舍。

“老子不救你了，不就是有几个臭钱嘛！”布鲁克一怒之下朝着洛克多的屁股狠狠地踢了一脚，“你给我滚！”

“如果我不能安全地到达境外，你们不但一分钱也拿不到，还要赔偿违约金。”洛克多不但没有害怕，反而威胁起布鲁克来。

布鲁克一向狂妄，还没有人敢跟他这样叫板过，他顿时火气冒起了三丈高。“咔咔！”他竟然把子弹推上了枪膛，冷冷地说：“老鼠的命运猫决定，孩儿的命运妈决定，你的命运我决定，信不信我一枪崩了你？”

见随时可能要人命的枪口顶到了自己脑门儿上，洛克多这才吓得不说话了，两只手不由自主地举过了头顶，腿也不受控制地颤抖起来。

“布鲁克，你冷静点儿。”艾丽丝推开布鲁克的枪口，将他拉到一边小声地说，“小不忍则乱大谋，拿到钱才是硬道理。”

布鲁克贴近艾丽丝的耳边咬牙切齿地说：“我早晚会收拾这个臭小子，让他死无葬身之地。”

洛克多曾经是末日教的二号人物，可以说是一人之下万人之上，平日里傲慢惯了，所以才会对布鲁克口出狂言。可是，他没有想到布鲁克是个睚眦必报的家伙，自己没经过大脑的几句话竟然会在日后惹来了杀身之祸。

美佳站在旁边一直没有说话，这是她一贯的作风，

她喜欢静观其变，坐收其成。见洛克多和布鲁克都退让了一步，美佳这才说道："也许咱们应该研究一下地形，决定下一步该往哪里走，否则就像没头的苍蝇一样到处乱撞，说不定还会撞到红狮军团的枪口上去。"

艾丽丝掏出便携式定位导航仪，可是这里的信号竟然差到了极点，根本搜索不出卫星地图。不过，在来这里之前，她曾经详细地研究过铁岭山附近的地形。

"如果我没记错的话，这片树林向东一直延伸到铁岭山监狱的西侧山地，向北则可以通到咱们刚才行驶的路上，而这两个方向一面是自投罗网，一面是后有追兵，所以都不能走了。树林向西绵延几十里，一直通到铁岭山的出口，向南十千米之后则是地势陡峭的山岭，翻过山岭就出了边境线。"艾丽丝凭借记忆，描述着这一区域的地形。

"向南走，只要出了边境，红狮军团就追不到咱们了。"布鲁克毫不犹豫地说。

"为什么不向西走？那个方向才是铁岭山的出口。"

美佳提出了不同的意见。

布鲁克自负地说："我当然知道西面是铁岭山的出口，可是红狮军团也知道，所以他们肯定会在出口埋伏好，等着咱们送上门去呢！"

洛克多坐在地上歇了一阵儿，这才感觉快要散架的身体又重新稳固起来。他也担心红狮军团追上来，自己再次成为阶下囚，于是主动要求道："咱们出发吧！"

布鲁克白了洛克多一眼，虽然夜黑光暗，但眼神的杀伤力丝毫没有减弱。布鲁克掏出指北针在手中放平，重新标定了方向，这次他发现自己所认为的南方和指北针指示的南方出现了大约四十五度角的偏差。在野外，特别是在山地、林区、沙漠、极地等地形中，由于目光所到之处如同一个模子刻出来的，鲜有区别，所以很容易迷失方向。不仅普通人如此，就连训练有素的特种兵也是一样，只不过特种兵掌握了辨识方向的技能，因此可以很快标定出正确的方向。

此时此刻就有三个人已经迷失了方向，而且他们并

没有携带指北针。这三个人便是秦天、布莱恩和劳拉。在黑夜中辨别方向比在白天难度要大得多，秦天抬头看去，今夜的星空璀璨，倒是一个大好的天气。天幕中的星星虽多，但对于判断方向帮助最大的却只有北极星。在北半球，晴空的夜间终年都可以看到北极星。在夜间，如果找到了北极星就等于找到了北方。虽然北极星是小熊星座尾巴上最亮的一颗星，但要想直接寻找北极星仍较为困难，因为小熊星座除北极星外，其他六颗星较暗，看不清楚。所以，有经验的特种兵一般都通过大熊星座来寻找北极星。大熊星座由七颗较亮的星组成，像一把勺子，我国俗称它为北斗七星。顺着勺口外缘的天旋星和天枢星的方向，延伸勺深的五倍距离就能发现一颗闪亮的星星，它就是北极星。

秦天在两分钟之内便找到了北极星，其他方向也就由此可知了。三个人在树林里已经找不到蓝狼军团的踪影了，所以他们正在判断蓝狼军团最有可能逃离的方向。

秦天、劳拉和布莱恩开始对铁岭山区域的地形进行研究，最终一致认为蓝狼军团最有可能向南逃窜，越出边境。

“秦天，我是亨特，听到请回答。”正当秦天他们准备向南追去的时候，电台里突然传来了亨特的声音。其实，亨特已经呼叫秦天好几次了，只不过因为山林的遮挡，电台的信号极差，只有这次传到了这里而已。

秦天马上按下对讲按钮，回应：“我是秦天，你们在哪儿？”

“我们刚刚进入树林，你们追到蓝狼军团了吗？”亨特问。

秦天略带失望地说：“在这片鬼林子里连蓝狼军团的影子都没看到。”

“那你们现在准备往哪儿追？”

“往南，我们判断蓝狼军团会越过边境。”秦天答道。

亨特的眉头皱了一下，说：“为了以防不备，我们这组往西追过去，在铁岭山的出口处守株待兔。”

“明白！随时保持联系。”秦天松开对讲按钮，继续

和劳拉、布莱恩向树林的南方追去。

黎明之前的一段时间，由于月光消失反而变得更加黑暗。布鲁克正在黑暗中摸索着前进，虽然在战术挎包里装有一个LED战术手电筒，但是他并不敢拿出来使用。这是因为在如此黑暗的夜里，使用手电筒虽然能照亮行进的路线，但也会将自己暴露在敌人搜索之下。作为一名身经百战的老手，布鲁克当然不会犯如此低级的错误。

艾丽丝和美佳并排走在最后面，洛克多则被夹在了中间。艾丽丝一直有个疑问，直到现在才想起来问："美佳，你是不是骗了我们？"

美佳不知道艾丽丝何出此言，转过头莫名其妙地看着艾丽丝，虽然近在咫尺却也无法看清她的脸。艾丽丝见美佳没有回答，便更加直接地问："你给我们的隐身衣是不是假的？"

"你……你真是脏心烂肺。"美佳瞬间变得异常激动，"我冒着生命的危险，打破了自己的誓言将隐身衣给你们穿，可你们却怀疑我。"

“你那么激动干什么？”艾丽丝一点也没有感觉到理亏，“你不会是做贼心虚吧？”

“呸！”美佳彻底火了，将头盔摘下狠狠地摔在地上，大吼道，“跟你这种人成为队友真是我最大的不幸，毫无信任可言。”

“彼此，彼此。”艾丽丝总是一副软硬不吃的样子，她怪怪的语气令美佳听了愈发愤怒了。此时，美佳真想冲上去抓住艾丽丝的衣领，挥起巴掌左右开弓。

“我警告你。”美佳指着艾丽丝的鼻子，“以后再敢诬蔑我，我就对你不客气了。”

“这就叫作理亏词穷，撒泼动武耍无赖。”艾丽丝的语气中充满了轻蔑。

布鲁克早就听到了美佳和艾丽丝的唇枪舌剑，不过他并不理会，因为这种冲突在蓝狼军团中常有发生，并且最终都会自动地偃旗息鼓。

第十七章

雨夜纷争

布鲁克已经向前走了很远一段距离，美佳和艾丽丝还没有跟上来。洛克多突然鄙视地说："真不知道穆萨为什么会找你们这群只会吵架的废物来救我。"

"闭上你的臭嘴，要不是我们这群废物救你出来，你现在还在监狱里被人欺负呢！"虽然布鲁克也对美佳和艾丽丝的行为极其不满，但是如果一个外人对她们品头论足，他就不能容忍了。

布鲁克曾经服役的特种部队有两条雷打不动的原则：第一条是服从命令，第二条是团队精神。这段军旅生涯在布鲁克的人生中留下了深深的烙印，使他做的很多事情都变成了一种本能的反应。比如上级在喊他的名字时，布鲁克会像电线杆一样站得笔直，大声回答："到！"再比如，他可以羞辱自己的队员，但当别人羞辱

自己的队员时，他便会挥起拳头来维护尊严。

刚才，布鲁克没有给洛克多来上一拳已经是网开一面了，或者说是看在钱的面子上才忍下这口气。不过话说回来，布鲁克对美佳和艾丽丝的表现也很失望，他回过头压低声音但语气中却充满谴责地说："别把人丢在外面。"

美佳和艾丽丝自然明白布鲁克这句话的含义，只好各自退让一步，都将嘴巴上贴了"封条"，一言不发了。美佳弯腰从地上捡起头盔，大步流星地向前赶去，想把艾丽丝甩在后面。

艾丽丝也不愿跟美佳走在一起，她始终认为是美佳这个阴险的家伙骗了大家，她并没有把真正的隐身衣给大家穿，所以红狮军团才会看到他们。误会往往就是这样产生的，而误会一旦产生就会导致彼此不信任，形成隔阂，最终走向决裂，甚至反目成仇。好在，蓝狼军团的雇佣兵都有一条永恒的宗旨：为了钱可以做一切事情，包括化敌为友。

黎明前的黑暗应该是很短暂的，可是今天却不同，

布鲁克感觉过了很长时间，天色却依然还是如墨般浓黑。更令布鲁克感到异常的是，天气突然变得闷热起来，潮湿的空气可以粘住人的皮肤，在上面不肯飘走。

布鲁克明白了为什么今天黎明前的黑暗会如此之长，他回过头对大家说："咱们必须加快速度，在大雨到来之前找到一个躲避的地方，否则一定会被淋成落汤鸡。"

"看样子这场雨会很大，搞不好会引发山洪。"美佳判断树林的南方是连绵的高山，一旦下起大雨，势必会引发山洪，而且洪水会朝着他们的方向袭来。

在这几个人当中，最担心下大雨的是洛克多。他的肩胛骨被射伤，伤口没有得到有效的治疗，如果再被大雨淋湿，搞不好会引发感染。如果是那样的话，后果就不堪设想了。

"快找个可以避雨的地方躲起来，我可不想逃出了监狱，反而丢了性命。"洛克多用命令的口吻对布鲁克说。

布鲁克发自内心地讨厌洛克多，但是他不讨厌钱，更准确地说是爱财如命，所以才忍气吞声地对洛克多

说："放心，你死了，我们一分钱也拿不到。"

洛克多看透了蓝狼军团的内心，所以变得更加肆无忌惮起来，他总是以居高临下的口气对布鲁克指手画脚。布鲁克把洛克多当作空气，任凭他说什么都是毫无回应。

雨点一开始落下来的时候，非常稀疏，但却比黄豆粒还大，砸在树叶上发出"啪啪啪"的响声。布鲁克知道在大而稀疏的雨点过后，瓢泼的大雨就要来了。为了能找到避雨的地方，他已经顾不了太多了，于是从挎包里掏出了"狼眼"——一种特种兵专用的LED手电筒。

"狼眼"是特种兵给这种手电筒起的名字，它采用的是LED技术，而且将汽车远光灯的照明强度和距离集中到了这个小小的手电筒中。布鲁克打开"狼眼"手电筒，一束强光即刻发出，穿透黑暗，照射到了很远的距离。

果然如布鲁克所料，一阵大却稀疏的雨点过后，瓢泼大雨从天而降。浓密的树叶再也无法承担"保护伞"的职责，雨水像开到最大的淋浴喷头浇在每个人的身上。

洛克多的衣服很快被淋湿了，雨水渗过纱布浸泡着他的伤口。在没有痛苦地呻吟之前，洛克多的五官已经扭曲变形了。

“哎哟！疼死我了。你们这群蠢货难道就不知道带上雨衣吗？就让我这么淋着雨，这是怎么为客户服务的？”

美佳跟在后面不但没有生气，反而差点儿笑出声来，她想洛克多还真会用词，竟然把自己比成了“客户”。如果按照这个逻辑来推理的话，蓝狼军团干的岂不是服务行业?

“你再忍一忍，只要一找到避雨的地方，我马上帮你处理伤口。”布鲁克安慰着洛克多，但他并没有回头，而是一边前进一边移动光柱，寻找着可以避雨的地方。

在手电筒的光线下，斜落而下的雨水如同一条条银线，闪着银亮的光。布鲁克毫无心情欣赏这一美景，因为雨水已经将他的衣服浸透，令其狼狈不堪。在风的作用下，雨水迎面打来，不仅令他的脸部有一种麻嗖嗖的感觉，而且使其无法睁开眼睛。

布鲁克抬起胳膊，用袖子朝着脸上抹了一下，虽然

袖子也像刚从水里捞出来的一样湿淋淋的，但最起码让他清醒了很多。晃了晃脑袋之后，布鲁克好像看到了一个山洞。他将手电筒的光线慢慢地移动，同时克服打过来的雨水瞪大了眼睛，仔细地观察。

“山洞！”布鲁克显然很兴奋，“前面有一个山洞，快跟我来。”

听到这一喜讯，洛克多一把拽住了布鲁克的衣服，生怕被落在后面。布鲁克背着一身的装备，本来就已经很累了，又被洛克多拉住衣服拖累着，心里不免烦躁，但他还是忍住了。

向前走了十几米后，洞口变得更加清晰了，布鲁克加快了步伐朝山洞疾奔而去。山洞就位于一座山的山坡下，洞口并不大，也就是将就着能钻进一个人。

随后而到的洛克多不管三七二十一就要往洞里钻，却被身后的美佳一把拉住了。洛克多像一只急脸狗，龇着牙回过头朝美佳“犬吠”道：“你拽我干什么？让我进去避雨。”

“愚蠢的家伙，你也不观察一下就往里钻，要是被野兽吃了，可别怪我没提醒你。”美佳没有好气地说。

这句话倒是提醒了洛克多，他下意识地倒退了一步，躲到布鲁克的身后。

“哼哼！”布鲁克冷笑了一声，将手电筒的光线对准洞口照了进去，立刻有两道亮光从洞里反射出来。布鲁克本能地向后退步，一下子踩在了躲在身后的美佳的脚上。

“哎哟！”美佳被踩痛了。

“嗷——”

几乎与美佳的叫声同时，洞里传出了野兽的吼声。这声吼叫不算浑厚，但却充满了凶猛的敌意。

“咔咔！”紧凑的两声响，艾丽丝已经完成向后拉动枪栓，将子弹推上枪膛的动作。将枪口对准洞口后，艾丽丝打出手势示意其他人向后退。

布鲁克将手电筒的光线再次照进洞里，漆黑的洞中只看到两只黄色的眼睛闪着充满杀气的光。

“嗷——”又是一声吼叫。

艾丽丝并没有急于开枪，她并不是不忍心杀死这头野兽，而是怕枪声将红狮军团引来。

就在艾丽丝迟疑之际，一道黑色的“闪电”从洞里蹿了出来，直奔她的面部。

艾丽丝反应迅速，身手敏捷，她的身体向侧面一躲，黑色的“闪电”从她的胸前划过。

第十八章

山洞避雨

黑色的“闪电”并没有转身再次发起攻击，而是四脚腾空向远处奔驰而去。

布鲁克将手电筒的光线投向黑色“闪电”疾奔而去的方向，一道乌黑的脊背拖着一条长长的尾巴在强光下跳跃而去。

“是黑豹。”布鲁克脱口而出，他简直不敢相信自己的眼睛。

黑豹是豹子家族中非常稀少的一个分支，通体乌黑，没有一根杂毛。它体形不算大，但却异常凶猛，喜欢在夜间行动。

“看来咱们进入了黑豹的地盘，并且抢占了它的洞穴。”布鲁克半开玩笑地说。

洛克多已经等不及了，嚷嚷着：“反正黑豹已经被吓

跑了，咱们快进去避雨吧！”

说话间，洛克多已经钻了进去。布鲁克只好也跟着把头伸进了洞口，肩膀需要倾斜一下才能继续进入。随着整个身体进入山洞，布鲁克才发现里面别有洞天。虽然从外面看洞口很小，但是里面却是一个“大肚囊”，足足可以轻松地容纳五六个人，而且洞顶很高，完全可以在洞里站立起来。

“快帮我处理伤口，不然会感染的。”洛克多一屁股坐在地上，以命令的口气对布鲁克说。

“别着急，我先把火生起来。”布鲁克看到洞里有很多干草和枯枝，估计是黑豹叼进来的。他从挎包里掏出了打火棒，用小刀快速地刮动，一些碎屑落到干草上面，火苗便跳动着燃烧起来。

打火棒的主体是一根镁合金棒，本身接触火源时不会燃烧，也不怕潮湿，只要用配套的刮匙或是小刀快速地垂直刮擦其表面，就能刮下一些碎屑来，这些碎屑在空气中迅速自燃，成为拥有近三千摄氏度高温的火种。

“快帮我处理伤口，都还傻愣着干什么？”洛克多像主子命令奴才那样理直气壮。

“我来给你处理伤口。”美佳的脸上闪过一丝狞笑，伸手便将洛克多的上衣扒了下来。

洛克多背对着美佳，身体的两肋犹如两块搓板，他瘦得令人想到了非洲难民。原先包扎在伤口外面的白色纱布已经变成了暗红色，而且已经被雨水浸透了。本来伤口就最怕水的浸泡，再加上雨水从空中落下将空气中的尘埃和细菌吞噬，所以如果不及时进行消毒和清理，伤口会很快感染。

美佳抽出锋利的匕首，插到用来捆绑的纱布条下面向上一挑，想将其割断。原本匕首的刀刃可以轻松地割断纱布，但是当纱布被雨水浸湿之后，便增加了几分韧性，所以美佳需要用力地挑动，才能将其割断。

洛克多感觉到伤口处被狠狠地震了一下，一股刺痛由肩胛席卷全身。“你就不会轻一点儿吗？”洛克多不满地质问。

美佳没说话，但在跳动的火光下可以清晰地看到她的嘴角向上微微一翘。她抓住纱布用力一扯，只听“刺啦”一声，纱布上粘着伤口处的一层肉皮被撕了下来。

“啊——”洛克多发出一声长长的嘶叫，就像被捅了一刀的猪。

“怎么样，是不是很爽？”美佳幸灾乐祸地问。

洛克多紧紧地咬住牙齿，豆大的汗珠子从额头滚落，长这么大他还没有经历过如此剧烈的疼痛。况且这种痛与众不同，它是发散性的，痛点从伤口处向四周扩散，就像一张蜘蛛网。

足足过了好几分钟，洛克多的太阳穴附近还有一根神经在一跳一跳地发出阵痛。不过，此时他已经缓过神来了。他深深地吸了一口气，又长长地吐了出去，然后张牙舞爪地朝美佳吼道：“你是故意的！”

“把你的爪子放下去，莫非还想挠我不成？”美佳看到洛克多疼成了这副模样，心里暗自高兴。她说出了应对洛克多的诡辩之词：“你伤口的外皮已经被雨水泡烂

了，如果不清理掉会继续溃烂，引起更严重的感染。”

洛克多嚣张的气焰被美佳阴险的招数打压了下去，他的语气由命令式转化为乞求式。“拜托你轻一点儿，实在是太疼了。”他低声下气地说。

“你早这么乖不就得了，真是贱骨头。”身旁的艾丽丝讽刺地说。

美佳将匕首伸到火苗上，一边翻烤，一边说：“你放心，我会很轻，很轻，很轻的！”她的语气柔里藏刀，反而令洛克多更加害怕了，他浑身起满了鸡皮疙瘩。

布鲁克将几根枯枝折断，放进火堆里。山洞里的枯草和干枝并不是很多，所以他要节约使用，只能生起一小堆火。

艾丽丝将头盔摘掉，脱掉外套用力一拧，水从衣服里冒出来形成了水流。

美佳的匕首已经在火苗上烤了大约半分钟，足可以达到消毒的目的。她一脸坏笑，将匕首贴到了洛克多肩胛处的伤口上，只听“刺啦”一声响，好像一块烤肉放

到了加热的铁板上。

“妈呀！”洛克多又是一声惨叫，紧接着问道，“你不是说会很轻的吗？”

美佳狡辩道：“我是很轻很轻地放到肉上去的，只不过刀子稍微热了一点儿。”

“混蛋，你这是在报复我！”洛克多被惹火了。

美佳根本没把洛克多放在眼里，她想一只病猫再怎么闹腾也变不成老虎。洛克多就是一只“病猫”，狐假虎威的家伙。美佳虽然下手狠了些，但她对伤口的处理却还是挺尽心尽力的。救护药包被落在车上了，现在她只能靠一些原始的办法来帮洛克多疗伤。第一道程序便是清除掉伤口附近化脓的肉，不让细菌向深处扩散。至于如何清除掉这些化脓的肉，当然就是靠匕首来刮掉了。

美佳将匕首已经进行了加热消毒，她将刀刃倾斜三十度角，就像用原始的剃须刀剃胡子那样，将伤口附近已经被感染的一层薄肉刮掉，露出了嫩红的鲜肉。

艾丽丝在挎包里总算翻出了一卷纱布，但已经被雨

水淋湿，暂时不能用来裹住洛克多的伤口了。她将纱布抻开，缠在一根树枝上，架在火边烤。

“把你的伤口靠近火堆，这样才能让它尽快地干燥，结痂。”美佳对洛克多说。

洛克多将后背对着火堆，向前靠了靠。他光着膀子，跳跃的火苗映在他的后背上，仿佛在放映一场电影。洛克多感觉到后背被烤得热乎乎的，很舒服。他眯着眼，享受着这短暂的幸福。

“咕噜，咕噜……”人一舒服，整个身体便跟着放松下来，洛克多的肚子开始发出饥饿的信号了。

这些天洛克多在监狱里遭了不少罪，关在同一个监牢里的大块头囚犯几乎每天都抢占他的食物，所以他每天都处在半饥饿状态。而从昨晚到现在，洛克多又奔波劳累了几个小时，所以就变得更加饥肠辘辘了。

“有什么吃的，给我来点儿？”洛克多将手摊在了布鲁克的面前问道。

布鲁克白了洛克多一眼，说道：“什么都没有，你就

饿着点儿吧！”

“你们不是特种兵出身吗？怎么连野战食品都不知道随身携带呢？”洛克多怀疑地说，“我看你们都是冒牌的，那几个拦截你们的红狮军团才是真正的特种兵。你看他们的身手多专业……”

“住嘴！如果你觉得红狮军团厉害，我现在就把你送给他们。”布鲁克本来就讨厌洛克多的这张嘴，再加上他竟然用红狮军团与蓝狼军团作比较，来贬低蓝狼军团，他就更加难以忍受了。

山洞外的雨声减小了，乌云逐渐散去，天色也慢慢地亮了起来。这种暴雨往往来得快，去得也快。不过大雨之后，连绵的小雨则往往会持续很长时间。

布鲁克走到洞口探出头向外看了看，然后回头朝洞里喊道：“收拾东西，马上离开这里。”

第十九章

遭遇黑豹

听到布鲁克的喊声，洛克多心里老大不高兴，他嘟嘟囔囔地说：“屁股还没坐热就要走了，我的伤口要是再被淋湿了怎么办？”

美佳拿起已经被烤干的纱布，一边麻利地呈斜拉式缠在洛克多的肩背上，盖好伤口，一边说：“要是不想再次进入监牢就乖乖地跟我们走。”

洛克多一听到“监牢”两个字，浑身就发抖，那个鬼地方他再也不想进去了，于是像弹簧一样从地上蹦起来，一改叽叽歪歪的毛病，跟随大家向洞外走去。

布鲁克走出洞口，脚刚刚踏出去便愣在了原地。跟在他身后的美佳问：“你到底还走不走？别挡在洞口。”说着，美佳还从背后推了布鲁克一下。布鲁克的身体一歪，躲到了一旁。

美佳的身体也从洞里钻了出来，当她的脚踏到洞外的地面时，也像布鲁克那样傻愣住了。

美佳对布鲁克说：“看来咱们真是不走运，这次行动是天时、地利、人和，一样都没占。”

布鲁克深表赞同：“我也没想到一场大雨过后，咱们竟然无法掩盖行踪了。”

最里面的艾丽丝已经等不及了，她推着前面的洛克多，挤开挡在洞口的美佳钻了出来。此时，天已大亮，她一眼便看到了洞口地面上两个深深的脚印。

大雨过后，泥土被淋透，变得有些湿软，人踩上去会留下深深的脚印。就是这脚印令布鲁克和美佳产生了担忧，因为只要是他们走过的地方，就会留下串串印记，成为红狮军团追踪的线索。

“别再看着这些脚印发呆了。”艾丽丝催促道，“我们没有办法消除痕迹，只能以最快的速度走出树林，翻越高山，跨过边境。”

布鲁克认为艾丽丝说得有道理，于是大手一挥命令道："出发！"

在距离山洞仅仅一公里远的地方，秦天、劳拉和布莱恩正在一刻不停地搜寻着蓝狼军团的踪迹。大雨并没有阻止他们的脚步，所以他们被淋得像从水里捞出来的。大雨过后，是如丝的小雨，山林里没有了雨点拍打树叶的响声，倒是三个人的脚陷进软泥里抬起来的时候，会发出一声声怪响。

突然，秦天停住了脚步，同时做出了停止前进的手势。

三个人静止下来，山林里只剩下了细雨摩擦树叶发出的"沙沙沙"的响声。秦天的耳朵本能地动了动，好像在捕捉细雨声之外的声音。

秦天的耳朵会动，这是他与众不同的独门绝技。很多动物的耳朵都会动，因为它们为了躲避天敌，或者寻找猎物都要耳听八方。但是人类的耳朵在进化过程中，"动耳肌"慢慢地退化了，所以耳朵便不能动了。

不过，并非所有人的动耳肌都退化得干干净净，有那么极少数的人仍然能够小幅度地转动耳朵，秦天就是其中之一。每当秦天的耳朵微微转动，那就说明他听到了可疑的声音，正在竭力搜寻。

在三个人走动的时候，秦天似乎听到了一种怪怪的声音，这种声响好像是某种动物发出的，而且带有攻击性。可是，当他们停下来仔细去听的时候，这种声音却又消失了。

“秦天，看你的头顶。”身后的劳拉突然小声地说。

秦天从劳拉的声音中听出了几分紧张，但他并没有突然抬起头向上看，而是慢慢地仰起头，同时后撤了一步向上看去。

当秦天的目光移到身旁的一棵略有弯曲的大树时，他简直惊呆了。就在这棵树上，一头毛色乌黑的豹子正龇着尖利的牙齿，虎视眈眈地看着他。秦天不由得将右手摸到了扳机的位置，连续向后退了几步，与这头凶猛的野兽拉开距离。

黑豹前腿弯曲，后腿蹬住树干，这是一种进攻前的准备姿势。只要它后腿猛地用力一蹬，整个身体就会像离弦之箭一样射到秦天的身上，同时它会张开长满锋利

牙齿的嘴，咬住秦天的气管，打死也不松口。

秦天自然没有那么傻，不会让这只凶猛的黑豹扑到自己的身上。其实，野兽也对人这种陌生的动物有一种恐惧感，它们很少会主动出击。它们只有在两种情况下才会发起攻击：第一种是当人首先发起攻击的时候，野兽为了自卫而发起反击；第二种是人见到野兽后吓得逃跑，野兽会判断出人是怕它的，顿时信心大增，主动发起攻击。

当然，无论是秦天，还是劳拉或者布莱恩，要想干掉这头黑豹都是易如反掌。不过秦天不想伤害这头黑豹，因为他们才是闯入黑豹领地的“入侵者”，应该主动地退出去。

秦天示意劳拉和布莱恩慢慢地向后退，这样才不会激起黑豹追过来的念头。三个人一步步地向后倒退，渐渐地离开了黑豹的视线，这才松了一口气。不过，劳拉好像想起了什么，她两眼闪着充满了希望的光。

“蓝狼军团应该就在附近，或者曾经从这里经过。”

这就是劳拉刚才所想到的。

布莱恩迷惑地看着劳拉，问：“你从何得出这样的结论？”

“就是那头黑豹。”劳拉说道，“黑豹一般在夜间出动进行捕猎，而现在已经天明并且下着小雨，一般说来黑豹应该躲在洞穴里避雨休息。”

布莱恩接着劳拉的话往下说：“这说明有人惊扰了黑豹，所以它才爬到了树上。”

劳拉点点头，布莱恩的结论正是她要表达的。秦天也认为劳拉说得有道理，他双目敏锐地观察着周围，希望能找到蓝狼军团留下的痕迹。

那头黑豹见人已经退去，便慢慢地向树下爬去。它时刻保持着警惕状态，头不停地左右摆动，耳朵也向两侧转动，防范着潜在的敌人。

在距离地面还有一米多高时，黑豹便跃身跳下，长尾向后上方竖起用来平衡身体，四脚轻盈地落在地面，几乎没有发出任何声音。黑豹落地之后，先是站在树下

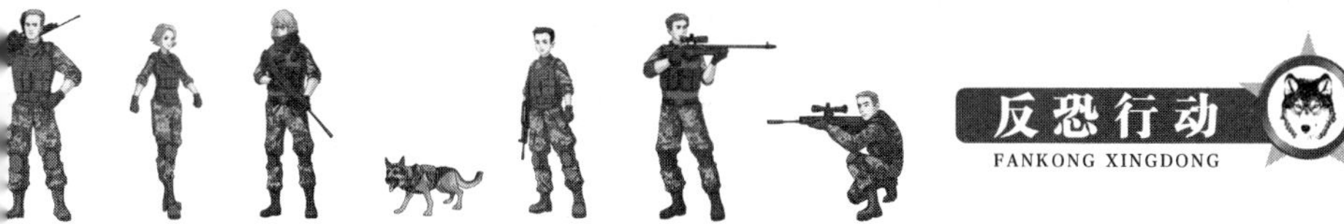

警觉地向四周看了看，然后便向着树林的南方走去。

几乎所有的动物的毛色或者肤色，都是经过进化后形成的保护色。位于食物链下层的动物要靠保护色来隐藏自己，防止被天敌发现；位于食物链上层的动物也是一样，它们需要用保护色来隐蔽自己的行动，突然对猎物发起攻击。黑豹的黑色皮毛在夜间是最佳的保护色，而在白天不但不能起到隐蔽的作用，反而容易暴露自己。

这头黑豹在山林中格外显眼，秦天紧盯着它行走的方向，那里一定有他们想要的线索。

秦天判断黑豹一定在朝着洞穴的方向走，而它应该是被人从那里惊扰出来的，所以只要跟着黑豹走，也就能找到蓝狼军团留下的痕迹。

黑豹的走向偏往东南，秦天、劳拉和布莱恩一直在远距离悄悄地跟踪。不知道是黑豹发现了他们，还是归巢心切，它突然加快速度向前跑去。豹的速度在动物界是数一数二的，即使是奥运会的“飞人”也望尘莫及，所以秦天眼看着一条黑色的大尾巴在甩动了几下后便消失了。

三个人也跟着加快脚步，向黑豹跑去的方向一路追踪而去。

真的要感谢昨晚的那场大雨，黑豹的脚落地后留下了一串梅花般的脚印，沿着这串脚印，三个人即使看不到黑豹的踪影，也能找到它的洞穴。

果然没有令他们失望，在一段路程的追踪之后，黑豹的脚印在山林间的一座矮山下消失了，而脚印消失的位置则出现了一个山洞。

第二十章

雨后的痕迹

劳拉向洞里望去，里面漆黑一片，什么也看不到。她知道那头黑豹已经回到了洞里，而蓝狼军团肯定也离开了山洞。不过，劳拉还是打开手电筒朝洞里照去，想一看究竟。

当光线射进山洞，就像蓝狼军团曾经将光线照射进去的时候一样，野兽的一双眼睛像两盏明灯，发出带有敌意的光。这头黑豹开始烦躁起来，它被人类一而再再而三的打扰惹怒了，发出了愤怒的吼声。

“嗷——嗷——”黑豹的吼声低沉。

秦天知道野兽将要发起攻击，急忙拉住劳拉的手，将手电筒的光线从洞口移开。几乎在同一瞬间，一道黑色的闪电带着一股疾风，从洞里蹿了出来。劳拉的身体刚好躲开洞口，黑豹的爪子紧贴着她的胸前划过，落在

了洞口前大约五米远的地方。扑空之后，黑豹并没有离开，这次它是真的要跟人类拼了。

黑豹的尾巴一晃，掉过头来面对着三个人，它上唇向上翘起，露出尖利的牙齿，发出一阵阵低沉的怒吼声。秦天看到黑豹的头向下压低，前腿弯曲，就知道它要跳起来发动攻击了。

秦天的判断没错，这头黑豹猛地向前扑来，前爪抓向秦天的胸前，而头则歪过来，张开大嘴直奔秦天的脖颈。猛兽在攻击猎物的时候，会选择要害部位进行攻击，往往是一口咬住其颈部的大动脉，死也不松口。特别是一些体形较小的猛兽在攻击体形较大的猎物时，它们咬住猎物后，往往被猎物拖着跑很远。此时，它们的牙齿插进猎物的肉里，身体几乎成悬挂状态，但就是不松口，直到猎物精疲力竭倒在地上。

秦天深深地了解猛兽的这一习性，他的身体向旁边一闪，同时将手中的枪当作棍子，抡向了黑豹的身体。虽然秦天已经手下留情了，但是这一下打得也不轻，黑

豹发出了一声惨叫，落到了地面。

劳拉迅速地举起枪，对准了黑豹的头部。子弹早已经上膛，保险也被打开，只要一扣扳机，黑豹的头上就会出现一个洞。秦天并不想伤害这头黑豹，示意劳拉放下枪，放弃敌意的眼神。

黑豹扑空，并且挨了一下重击之后，变得谨慎了很多。它知道面前这三个人不是好惹的，于是开始虚张声势，却不贸然发起攻击了。

秦天弯着腰慢慢地向后退，这是在向黑豹发送一条肢体信息。弯腰在野兽看来是要发起攻击，而后退则代表着畏惧和退缩。这两种信息加在一起，就是在告诉黑豹，我们想离开这里，但并非害怕你才离开。

黑豹看懂了秦天发出的信息，它身体压低保持着警惕的状态，但却没有跟上来发动攻击。三个人在向后倒退了十几米后，才直起了腰，然后转过身准备离开。

“蓝狼军团离开这里不会太久。”劳拉说道，“我刚才看到山洞里还有泛着火星的灰烬。”

“他们逃不掉的。”秦天的眼神中充满了坚定，“你们看这就是他们留下的脚印。”

刚才只顾着对付黑豹，现在他们才发现地面上留着一串串深深的脚印，直通向山林的南方。在昨夜当那场大雨来临的时候，三个人曾谩骂老天不长眼，故意搅局添乱。而现在，他们却在用天下最完美的词语来赞美老天，感谢它昨晚下了那场雨，让蓝狼军团留下了足迹。

三个人沿着足迹马不停蹄地向前追去，一边追赶，秦天一边研究着这些脚印。从脚印的尺寸，秦天看出这是四个人留下的，两男两女。秦天之所以这样判断，是因为女生的脚印一般会比男生的脚印短一些，而且要窄一些。

秦天想，看来蓝狼军团并没有都在一起行动，也许是他们走散了，也许是他们故意分开的。劳拉比秦天看得还仔细，她发现这四个人中有三个是蓝狼军团的雇佣兵，而另一个人肯定是那个被救出的囚犯——洛克多。这是根据脚印的纹理分析而知的，因为其中三个脚印很明显是陆战靴的纹路，而另一个脚印则是普通胶鞋。

得出了这样的结论以后，三个人更加高兴了，因为他们要抓到的是洛克多，而并非蓝狼军团的雇佣兵。洛克多是整个事件的核心人物，从城市中的爆炸案，到铁岭山的劫狱事件，都是因他而起。只要抓到了洛克多，就不仅能令蓝狼军团白忙活了一场，还能洗清秦天的罪名。

眼看就要追出山林的边缘了，透过树木间的缝隙，秦天看到前面是隐隐约约的山体，这山好像和刚才黑豹的洞穴所在的山是连在一起的，只不过转了一个大大的弯，在这里变成了东西走向。

脚印在山林的边缘消失了，秦天抬头望去发现这山并不陡峭，但海拔却足足有三千米，而且山体被茂密的植物所覆盖，如果人走进去，在远处根本无法被发现。

脚印虽然在山脚下消失了，但蓝狼军团留下的痕迹却依然清晰可见。这些痕迹是他们向山上攀爬时，踩踏和拨开植被时留下的，不过用不了多久植物的自我修复能力便会让这些痕迹消失。

三个人拨开茂密的植被，开始向山上攀登。这些山

都属于铁岭山山脉，表层为很厚的土层，深层为岩石，由于地处亚热带地区，雨量充沛，温度适宜，所以山上的树木高大，较矮的植物也有一人多高。

他们刚钻进植被丛中，便像掉进了大海里的一滴水，消失得无影无踪了。在山地丛林作战中，这种环境成为了天然的屏障，可以防止敌人的各种侦察。但是，现在对于秦天他们来说，茂密的植被则使他们寻找“蓝狼军团”变得更加困难。

“即使在三米之内，如果蓝狼军团藏在植被丛中一动不动，咱们也无法发现他们。”布莱恩一边拨开挡在前面的植物，一边说道。

布莱恩绝对没有夸张，秦天想，这里是打游击战最理想的地形，因为再先进的单兵武器，甚至是飞机、导弹都无法发挥作用。从历史上发生过的几场山地丛林作战来看，对地形不熟悉的一方往往会损失惨重，所以进攻的一方可能会采取极端的作战手段，如使用化学武器来对付隐藏在丛林中的敌人。在化学武器的袭击下，树木枯萎，人员中毒，达到了不动用一兵一卒便取得胜利

的效果。但是，这种手段遭到了国际社会的谴责，化学武器也被列入禁用武器的名单。

秦天特意叮嘱劳拉和布莱恩扎紧“三口”，(“三口”是军事简化用语，指的是领口、袖口和裤口）以防毒虫爬进衣服内，将他们咬伤。根据特种兵野外生存的经验来看，这里是各种毒物滋生之地，从毒蛇到毒虫，再到有毒的植物，都随时可能出现，如果不加以防范，说不定会随时丢掉性命。

劳拉将领口和袖口扎得紧紧的，而裤口则被塞进了陆战靴中，自然封闭得更加严实。陆战靴的靴筒很高，可以盖住小腿肚子以下的部位，之所以这样设计，一是为了防止沙粒进入影响行进，二是为了防止毒蛇或者毒虫从裤腿钻进衣服内。劳拉的手上戴着一副战术手套，这样在伸手拨开植物的时候就不必担心因接触到毒虫而被咬伤。即便采取了如此严密的防护，但她还是遭到了毒虫的攻击。

行进中，劳拉突然感觉后颈一阵剧痛，好像有什么东西钻进了肉里。她急忙转头对秦天说：“你看看什么东西在咬我的脖颈？”

第二十一章

高山追踪

劳拉低下头，秦天一眼便看到了已经钻到她肉里的一条大蚂蟥。在热带丛林中，蚂蟥随处可见，它尤其喜欢吸附在植被上，当动物经过的时候便爬到动物的身上，吸取它们的血。蚂蟥虽然见得多了，但是如此大的蚂蟥秦天还是第一次看到。对付已经钻进肉里的蚂蟥，千万不能用手去揪，因为这样蚂蟥反而会不顾一切地往肉里钻，即使被拽断也不会退出来。

秦天清楚地知道对付吸血蚂蟥的办法，他没有抓住蚂蟥向外拽，而是用力地拍打蚂蟥上方——劳拉的脖颈处。这种拍打的方法，会使蚂蟥的头部受到打击，从而知难而退，从肉里倒退出来。但是这条蚂蟥却很顽固，它视死如归，迎难而上，宁可前进一步死，也绝不后退一步生，简直就是大无畏的勇士。

看来拍打这一招不见效，秦天马上改变策略，问：

“你们的挎包里有医用酒精吗？”

布莱恩的头摇得跟拨浪鼓似的，答道：“药包都放在车上了，挎包里没有任何急救药物。”

秦天本来打算将医用酒精倒在蚂蟥的身上，来刺激它退出来，看来这一招无法施展了。不过秦天还有第三招，他从口袋里掏出了一个打火机，对劳拉说：“你忍着点。”说着，秦天打着打火机，将火苗调到最小，伸到了蚂蟥的旁边。

劳拉立刻感到热辣辣的烫，当然蚂蟥也是同样的感受。蚂蟥难以忍受火苗的炙烤，身体开始来回地扭动起来，并从肉里向外退。一番挣扎之后，蚂蟥从劳拉的身上脱落，翻滚着掉在了地上。劳拉恨得牙根发痒，抬起脚来将它碾成了肉泥。

“这里危机重重，大家一定要多加小心。”秦天再次叮嘱。

这次山林作战，红狮军团可以说准备并不充分，因为他们并没有预想到蓝狼军团会逃进山林。这完全是一场遭遇战后，发生的不可预测的变故。正所谓：战斗有

原则，战场无规则。瞬息万变是战场的常态，所以每一名战斗员都要做好应对各种突发情况的准备。

劳拉之所以被蚂蟥咬伤，是因为她少戴了一样东西，那就是战术围巾。在丛林作战中，战术围巾非常重要，它可以将颈部严严实实地围起来，防止从树上掉落的毒虫爬进脖颈内。

三个人继续穿行在茂密的植被中，向上攀行。蓝狼军团留下的痕迹越来越模糊，心细的秦天观察着野草被踩踏的痕迹，不知不觉间已经引领着劳拉和布莱恩攀到了海拔一千多米的高度。秦天从温度的变化上体会到了海拔的不断升高，他已经从开始爬山前的闷热难忍，变成了现在的因寒而栗。冷空气包围着三个人，他们不由得抱紧了双肩，企图阻止身体的热量散发出去。但是，这样做是徒劳的，随着海拔的升高，温度的下降是无法阻止的。当然，这是公平的，因为蓝狼军团同样在忍受着不断降低的温度。这座山不是那么好爬的，否则早就成为了一条穿越边境的通道。

此时，蓝狼军团雇佣兵也正在气喘吁吁地向上爬，

随着海拔的升高氧气也开始变得稀薄，所以行动起来更加吃力。布鲁克看了看手腕上的多功能战术手表，这块手表除了可以显示时间，还可以测量温度、湿度、海拔。现在，手表显示的海拔是一千五百米，仅仅与秦天他们有五百米的高程差，但这并不意味着他们只相距五百米的距离。

从山的坡度来计算，蓝狼军团与红狮军团的距离至少还有一千米，如果在平原地区，双方极有可能已经看到对方了，可是现在布鲁克回头向下看去，他只能看到郁郁葱葱的植被，而看不到植被下隐藏的红狮军团。

随着体能的消耗和热量的散发，洛克多不仅浑身发冷，而且已经饿得眼冒金星了。他的两条腿好像灌了铅，已经迈不开步子了。

“我实在走不动了。”刚刚说完这句话，洛克多便一头栽倒在山坡上。

“真是见鬼！”美佳看着倒在地上的洛克多，“要不是这家伙拖后腿，咱们早就翻过这座山了。”

布鲁克冷冷地一笑，反问道：“没有这家伙，咱们翻

过这座山又有什么意义？”

“这家伙就是摇钱树，咱们可不能让他死了。”艾丽丝说着将洛克多的身体翻过来，“他是体力透支了，给他加件衣服，再喂点吃的，很快就会醒过来了。”

布鲁克和美佳将洛克多抬到了一块相对平坦的地方。然后，布鲁克脱掉了套在丛林迷彩外的战术背心，把它穿在了洛克多的身上。别小看一件没有袖子的战术背心，穿着它的时候虽然没有感觉到有多暖和，但是一旦脱掉，马上就会感觉到一股寒气袭来。

布鲁克不由得打了一个寒战，问：“你……你们谁还有吃的，快给这小子来点儿。”他说话的时候上牙直碰下牙，口齿都有些不清了。

美佳和艾丽丝都不说话，他们在山脚下的丛林中就已经说过没有食品了。不过，布鲁克并不相信他们的话，尤其是美佳的话，十句能有一句是真的，就已经是高概率事件了。

“美佳，你别装了，我知道你还有吃的，而且是高性能的营养液，快拿出来吧！”布鲁克一边说一边盯着美佳的眼睛，观察她眼神中微妙的变化。

美佳的眼珠不自觉地一转，这说明她在打着小算盘。在她的挎包里的确有一袋营养液，不过她是准备在危急时刻留给自己用的，可现在却被布鲁克发现了。美佳很是纳闷，布鲁克是如何知道自己还有一袋营养液的?

其实，布鲁克根本不知道美佳的包里有营养液，他只不过是小施诈术，来试探美佳的。布鲁克已经从美佳的眼神里判断出，美佳的包里一定藏有食物。不过，如果美佳坚持说没有，他也没有办法。

美佳前思后想，最终还是从包里取出了那袋营养液。原因很简单，只有保住洛克多的命，他们才能拿到佣金，否则就前功尽弃了。

这袋营养液采用塑封包装，和普通袋装牛奶大小相仿。不过，这里面装的液体可是专门为特种兵研制的。别看这么一小袋营养液，它含有人体所需的各种营养素，能够快速被人体吸收，迅速补充能量。除了营养液，特种兵还经常携带一种能量棒，它的外形就像小孩子们经常吃的巧克力棒，但口感松软，只需小小的一根便可以

提供一个成年人一天所需的能量。

美佳咬着后槽牙把这袋营养液一滴滴地倒进了洛克多的嘴里，一边倒，她的心里也在跟着一滴滴地流血。她并不是心疼这么一袋不值钱的营养液，而是担心唯一的这袋营养液消耗之后，如果自己遇到危险便失去了生存的希望。

在战斗的过程中，这一刻看似平静如水，下一刻也许就会惊涛骇浪，所以只有做好最坏的打算，才能有最好的结果。美佳就是这样的一个人，她的心思比一般人要细腻，考虑问题也更周到很多，但却因为自私，她往往不会把自己的好主意与他人分享。

洛克多在喝了营养液之后，慢慢地睁开了眼睛，有能量补充到体内，他感觉暖和起来，四肢也有了力气。他费力地坐起来，问道："还有多久才能翻过这座山？"

第二十二章

秦天中弹

布鲁克看了看腕表上显示的数据，回答：“垂直高度还有一千米，但是实际上的路程最少还有两千米。”

“唉！”洛克多叹了一口气，“恐怕还没翻过山，我的命就断送在此了。”洛克多已经没有了以前的嚣张，他可怜巴巴地看着蓝狼军团，乞求他们不要把自己抛弃在途中。

看到洛克多的样子，三个人没有一丝怜悯之情，在蓝狼军团的眼中弱者是不值得同情的，弱肉强食是他们遵循的生存法则。不过，他们肯定不会抛弃洛克多，那都是因为金钱的诱惑。

这时，一只大鸟拍打着翅膀落到了蓝狼军团附近的一块岩石上。这是一只成年的秃鹫，鸟类中数一数二的猛禽。秃鹫孤傲地站立在岩石上，似乎在蔑视着这四个

狼狈不堪的人。

不知道为什么，洛克多看到这只大鸟便产生了一种不祥之感。秃鹫是食肉的猛禽，而且尤喜啄食动物的腐肉。也许是洛克多认为自己只剩下了半条命，这只大鸟是等着来啄食他死后的尸体的。所以，他特别生气，随手抓起身边的一块石头，使出浑身的力气朝秃鹫投去。秃鹫的目光何等敏锐，它挥起翅膀快速地扇动几下便飞入了高空。洛克多绝对没有想到，他不经意间的举动竟然暴露了自己的位置。

此时，有三个人已经看到了这只展翅而飞的大鸟。

“秦天，你快看，这只大鸟好像是因为受惊而起飞的。”劳拉指着秃鹫对秦天说。

秦天顺着劳拉手指的方向看去，一只大鸟扇动着翅膀刚刚飞出了绿色植被的顶端。从大鸟飞行的姿态来看，它并非从容不迫，而是一种遇到意外情况后的应急姿态。

“如果我没猜错的话，这只大鸟一定是被蓝狼军团惊飞的。”秦天的脸上露出喜色，“咱们快朝着大鸟起飞的

方向走，一定要注意隐蔽。”

劳拉和布莱恩笑而不语，他们心里说不上是喜悦还是紧张，手不禁将枪抓得更紧，做好了战斗的准备。秦天走在最前面，他轻轻地拨开挡在前面的植物，尽量不弄出响声。植被太密集了，秦天能够看到的范围半径超不过十米。劳拉和布莱恩透过植物间的缝隙，警觉地观察着。

此时，蓝狼军团距离他们实际上已经不足两百米，如果是在植物稀疏的地域，这场战斗早已经打响了。而在此地，敌我双方却都还没有发现对方。这意味着，随着双方的距离不断缩短，谁先发现了对方，谁便会占据绝对的主动，将对手置于死地。

洛克多在喝了营养液后，感觉到热量顺着血管流向全身，手脚也变得暖和了，四肢又有了力量。布鲁克抬头看了看山顶，催促道："继续赶路吧！"说话间，布鲁克站起身，目光由上向下移动，突然停在了一个地方。他发现那里的植被丛在微微地晃动："不好，红狮军团已

经追上来了。”

“怎么办？我不想被他们抓回去。”洛克多一听红狮军团追了上来，立刻紧张得瑟瑟发抖。

“叫什么叫？”艾丽丝恶狠狠地瞪着洛克多，“再乱叫，我就一枪崩了你。”

洛克多吓得双手抱头，不敢再吭气了。

布鲁克是个经验丰富的丛林作战老手，他立刻小声地吩咐：“没有我的命令谁也不要动，让红狮军团尝尝咱们的冷枪有多厉害！”

洛克多虽然没敢再多嘴，但他心里想：红狮军团的特种兵都追到跟前了，竟然还不让我动，难道要坐以待毙吗？我才不听你的命令呢，一定要看准机会逃跑。

布鲁克趴在山坡上，枪管从植物丛中伸出，躲在草丛后面的两只眼睛不眨一下地盯着下面的山坡，希望能找到红狮军团的身影。丛林迷彩在植被茂密的地方发挥了作用，虽然红狮军团在不断地靠近蓝狼军团，但他们彼此都还没有看到对方的身影。

美佳和艾丽丝也都趴在草丛后面，二人虽然没有看到红狮军团的特种兵，但是已经隐隐约约地听到了有人拨动草丛发出的声响。美佳轻微地转动着枪口，眼睛通过瞄准镜朝声响的方向望去。突然，好像有一个绿色的斑点从瞄准镜中闪过。美佳立刻转动枪身去追踪这稍纵即逝的危险信号，但茂密的枝叶已经将她的视线遮挡住了。美佳的神经像绷紧的弓弦，有一种即将被拉断的感觉，她深深地吸进一股清爽的气流，尽量稳定自己的情绪。

在美佳的瞄准镜中，草叶微微地晃动起来，紧接着她看到了移动的迷彩斑点。机不可失时不再来，美佳知道这一定是红狮军团的特种兵，于是毫不犹豫地扣动了扳机。

“砰！”子弹出膛的声音打破了山野的平静，一群栖息的山鸟扑棱棱地飞起。

秦天猛地一转身，一把抱住劳拉，将她按倒在草丛中。劳拉倒在地上，惊魂未定地去推压在身上的秦天，却发现秦天脸色苍白，紧咬着牙关，眼珠子向外突起。

“秦天，你怎么了？”劳拉声音颤抖着，伸手去摸秦天的脸，此时她才发现自己的手上已经沾满了鲜血。散发着腥味儿的新鲜血液令劳拉更加恐惧，这种恐惧并非是害怕敌人的子弹，而是担心秦天的安危。

不用秦天开口，劳拉已经清楚地知道了刚才发生的一切——秦天用身体挡住了射向自己的子弹。原来，秦天正带领劳拉和布莱恩小心翼翼地拨开挡在前面的植被，向上攀爬。突然，他感觉到微弱的光线在眼前一闪，特种兵的敏锐直觉告诉秦天这光来自敌人枪身上的瞄准镜。

秦天的第一反应不是自己卧倒，而是保护紧跟在身后的劳拉。还记得在上一次的战斗中，劳拉身负重伤，差点儿就到阎王那里报到了。从那一次以后，秦天就暗自发誓，只要自己还活着，就不能让劳拉再遇到那样的危险。

在红狮军团中，秦天对劳拉的情感是难以言说的，除了战友之间的生死情谊，还有一种微妙的亲情。在这个世界上，秦天只在乎两个女生，一个是夏雪，这是在他经历人生低谷后，第一个闯进他生活中的女生。夏雪

顽皮、任性、纯真，对秦天有一种懵懂的感觉。秦天对夏雪表面上拉开距离，但心已经和她零距离了。第二个女生就是劳拉，一个令秦天找到心灵归宿的人。劳拉善解人意，像姐姐一样关心着秦天，只凭这一点秦天就会用生命去保护她。秦天有一条至死不变的原则：凡是对自己好的人，自己都要回以百倍地好。

当秦天发现了危险后，他的第一反应就是保护身后的劳拉，于是就有了刚才的那一幕。子弹击中了秦天的后背，无疑这是一颗致命的子弹，所以他才会如此脸色苍白，难以说出话来。

劳拉看着秦天越来越苍白的脸色，眼泪控制不住地夺眶而出，“吧嗒吧嗒”地落在了秦天的脸上。秦天嘴角艰难地向上一翘，终于挤出了几个字：“不用担心，我命大！”

布莱恩趴在地上，他并没有盲目地还击，因为凡是经验丰富的特种兵都知道，现在最关键的事情不是还击，而是隐蔽。在山林地形中，隐蔽远远比攻击更重要，只有隐藏自己才能在发现敌人后，一枪制敌。

对于蓝狼军团来说同样如此，虽然美佳刚才那一枪击中了秦天，但她的做法并不高明。布鲁克虽然没有指责美佳，但是却对她的打草惊蛇之举很是不满。按照布鲁克的预想，他准备等红狮军团特种兵再走近一些，待他们完全暴露在枪口之下时，再一举将他们干掉。可是，美佳冒失的一枪之后，红狮军团立刻隐藏起来，根本找不到踪影了。

红狮军团和蓝狼军团谁也不敢动，动就意味着暴露，暴露就意味着被击毙。作为特种兵，无论是红狮军团还是蓝狼军团都清楚地知道这个浅显的道理，但是有一个人却不知道，他就是洛克多。洛克多已经沉不住气了，他看了看左右隐藏着的美佳和艾丽丝，用极其微小的声音说："咱们快跑吧！"

美佳和艾丽丝正全神贯注地观察着红狮军团隐藏的方向，根本没有听到洛克多如同蚊子叫般的声音。洛克多眼珠一转，心生一计。

第二十三章

援兵赶到

洛克多这小子心怀鬼胎，他可不想在这儿耗着，所以悄悄地转身向上爬去。艾丽丝第一个发现了洛克多的愚蠢之举，但她既不敢喊住洛克多，也不敢起身阻拦，因为那样无疑是以身试枪。

自以为聪明的洛克多实际上是蠢到家了，他根本对山林作战的知识一窍不通，浑然不知自己已经成为了敌人枪口下的猎物。布莱恩一直在观察着蓝狼军团隐藏的方向，突然瞄准镜中出现了蓝白相间的条纹，他心中不禁暗喜。

蓝白相间的条纹是洛克多的衣服，那是囚服的常见图案。洛克多被从监狱中救出之后，这身囚服还没有来得及更换，而这身囚服在丛林中不但不能起到隐蔽的作用，反而使洛克多更容易暴露自己。

在翠绿的植被中，蓝白的条纹格外显眼，布莱恩一

眼便认出了那是洛克多。红狮军团这次行动的目的并非是要与蓝狼军团拼个你死我活，而是要阻止他们救出洛克多，同时找到为秦天洗脱罪名的证据。

布莱恩当然不会一枪将洛克多击毙，他要活捉洛克多，所以瞄准镜锁定了洛克多的小腿。茂密的植被令洛克多的身影时隐时现，布莱恩的瞄准镜中，蓝白相间的条纹也忽隐忽现，他知道这一枪只能成功不能失败。

“砰！”子弹在闷响声中从枪口飞出，穿过层层的障碍，钻进了洛克多小腿的肌肉里。

“啊——！”一声惨叫之后，洛克多跪在了地上，他用手捂住小腿，血立刻从指缝间渗了出来。

布鲁克没有时间去骂洛克多，他的手指正扣在扳机上，微微地向后用力。又是一声枪响，子弹竟然击中了布莱恩的步枪瞄准镜。布莱恩被惊出了一身冷汗，心跳到了嗓子眼。

枪声和枪口的火焰都是暴露隐蔽位置的罪魁祸首，布莱恩一枪击中了洛克多的小腿的同时，也使自己暴露了出来。布鲁克这一枪就是循着枪口的火焰而来的。幸

运的是，布莱恩早有防备，否则布鲁克这一枪必然击中瞄准镜后面的眼睛。

劳拉无心迎战，她看着秦天苍白干裂的嘴唇，感觉好像有一把刀子在自己的心里绞。若秦天死了，劳拉此生都会活在内疚之中。劳拉第一次见到秦天的时候，便一眼看出秦天是一个“受伤”的男孩儿，伤不仅在他的身上，更在他的心底。自此，劳拉便有一种难以抑制的冲动，发自内心地关心秦天的冲动。

秦天是一个值得劳拉去关心的男生，因为他的内心纯净，就像没有遭受污染的山泉水。如今，这个男生就躺在劳拉的怀里，生命垂危。他默默地看着她，嘴角还挂着一丝笑意。那表情好像在告诉劳拉：我的生命本该如此，不必为我悲伤。

这种表情深深地刺痛了劳拉的心，她突然抱起秦天不顾一切地向山下跑去。劳拉不能眼睁睁地看着秦天死去，在这个世界上，没有任何东西比秦天的生命更重要。

无疑，劳拉的举动是危险的，她所过之处草木剧烈地晃动起来，使其成为众矢之的。布莱恩没有想到劳拉

会如此冲动，他甚至有一丝丝的醋意，心想如果受伤的是自己，劳拉会不会也这样去做。

为了掩护劳拉，布莱恩将枪的保险转动到连发的位置，手指压下扳机保持不动，子弹“砰砰砰”地连续发射出去，虽然不能精确地射击到敌人，但是却落到了蓝狼军团隐藏的位置附近，令他们不敢抬起头来。

洛克多小腿受伤后，趴在地上痛苦地呻吟着，同时他喊道：“快救救我，疼死了！”

“去死吧！”美佳愤恨地说，“我真后悔接下了这次任务，早知道是去救你这样的蠢货，给我多少钱我都不会干的。”

身后的枪声连续响起，劳拉的脑子里只想着一件事情，那就是救秦天，所以她好像没有听见这些枪声一样，不顾一切地向山下跑去。

在上山的路上，有几个人也听到了枪声，他们加快速度向枪声传来的方向奔去。为首的人嘴巴不停地动着，好像一头正在反刍的牛，不过他嘴里的东西不是草料，而是口香糖。此人正是亨特，他右手拎着狙击枪，左手拨开挡在路上的草木，一边向山上观察，一边急匆匆地攀爬着。

“看来秦天他们已经和蓝狼军团交火了。”亚历山大一听到枪声，手心就发痒，恨不得马上就加入战斗。

亚历山大硕大的身躯就像一堵墙将朱莉挡在身后，形成了一个移动的防弹墙。不过，朱莉却也因此被挡住了视线，她只能看到亚历山大那散发着汗味儿的后背。

“上面好像有人下来了。”走在最后面的索菲亚突然喊道。她看到高处的山坡草木晃动异常剧烈，一路向下而来。

“停！”亨特示意大家停住脚步，“快隐蔽，说不定是蓝狼军团逃下来了。”

四个人迅速躲藏在草木丛中，静静地等待着从山上下来的人从面前经过。如果下来的是蓝狼军团，这将是一个完美的伏击圈。

从山上下来的人正没命地狂奔着，根本没有注意到有人正在向上走，更没有想到半路中会有一个伏击圈。她只听到身后的枪声距离自己越来越远，直到后来枪声

停止了。

枪声停止后，劳拉也跟着停下脚步，此刻她的内心无比纠结。如果枪声一直响着，她不会担心，因为她知道这说明布莱恩还在与蓝狼军团进行战斗。可是枪声偏偏停止了，这有两种可能：一是布莱恩也撤退了，另一种可能……劳拉不敢再想下去了。

在迟疑了片刻后，劳拉继续抱着秦天向山下疾奔而去。此刻，她只能在心里默默地为布莱恩祈祷，愿他安然无事。山野中重新恢复了平静，只听到劳拉奔跑时碰撞草木发出的响声。亨特的手紧紧地握住狙击枪，他在等着猎物进入圈套，一枪将其干掉。

响声越来越近，这令亚历山大越来越兴奋，他看着隐藏在身旁的亨特，指了指自己，意思是说：第一枪由我来打响。

亨特摇了摇头，意思是说：你这个鲁莽的家伙还是靠边站吧！

亚历山大朝亨特挥了挥拳头，表示抗议。此时，响声已经到了耳边，亨特循声望去，先看到的是一只脚，

紧跟着是迈下来的另一条腿。此刻，他已经明白下来的人不是蓝狼军团，而是自己人。因为，亨特一眼便认出了红狮军团的作战靴，上面清晰地印着七边形标志。

但亨特并没有急于站起来，而是静静地等待着这个人完全进入视线。

“劳拉！”当看到这个人的全貌后，亚历山大大喊了一声同时“噌”地站了起来。

劳拉正抱着秦天拼命地向下狂奔，突然一个彪形大汉出现在面前，吓得她赶紧去抓背在身后的枪。一只手刚刚伸向背后，秦天的身体便突然向下一沉，劳拉又不得不将手收回，牢牢地抱住了秦天。

“劳拉，是我！”亚历山大看到劳拉惊慌失措的样子，急忙走上前去。

这次劳拉听出了亚历山大的声音，她抬头看着亚历山大，欣喜之情难以言表。“快……快救救秦天。”这是劳拉说出的第一句话。

其他人也都站起来，纷纷问道：“秦天怎么了？”

“为了保护我，秦天被蓝狼军团击中了，伤势很重。”

劳拉说着，眼泪便像开了闸的水奔涌而出。

此时，秦天双眼紧闭，面色惨白，已经处于昏迷状态。亨特翻过秦天的身体，见他的后背已经被鲜血染成了红色。

亚历山大将秦天背在了后背上，对劳拉说："我跟你一起下山。"

劳拉早就精疲力竭了，完全是靠着毅力才一口气抱着秦天跑到这里。如今，有了壮如野牛的亚历山大，她就放心多了。亚历山大已经弯着腰向山下跑去了，他曾经欠秦天一条命，今天到了报恩的时候了。

劳拉紧追过去，刚跑出了两步便回过头朝亨特大喊："快去救布莱恩，他正在跟蓝狼军团激战。"

布莱恩到底怎么样了？劳拉不敢去想，自从枪声停止，她的脑子里总是不停地出现布莱恩中弹的画面，这简直就像一场噩梦，折磨着劳拉的身心。

第二十四章

艰难的追击

亨特带领索菲亚和朱莉两员女将向山上跑去。亚历山大背着受伤的秦天和劳拉向山下跑去。双方背向而行，越来越远。

劳拉的脑子里不停地闪过几个问题：秦天会不会有生命危险？布莱恩现在怎么样了？亨特他们为什么会出现在这里？

前两个问题劳拉无法得到答案，但是最后一个问题却可以从亚历山大的口中解开谜团。不过，劳拉无心去问，因为他们必须抓紧每一秒的时间将秦天送到医院。

至于亨特他们为何会出现在这里，还要从昨晚的战斗说起。本来亨特他们准备向西行进，在铁岭山的出口守株待兔。可是，他们还没有走出多远，索菲亚便突然叫住了大家。

“等等，我好像截获蓝狼军团的通话了。”索菲亚示

意大家安静，一只手微微地转动着电台的调频旋钮。

电台里传来的信号极不稳定，“吱吱啦啦”地时断时续，但索菲亚还是听出了其中的眉目。泰勒和凯瑟琳不停地用电台与布鲁克进行联系，他们可不想被抛在这深山老林之中，万一有个三长两短那可就得不偿失了。电台的电池电量不足，所以凯瑟琳费了好大的劲儿才与布鲁克取得了联系，但信号却时断时续。

“布鲁克，你们在哪里？”凯瑟琳按下对讲按钮，急迫地询问。

此时，布鲁克他们刚好进入山脚下的那个山洞，信号“吱吱啦啦”地传进他的耳朵，好像有一个人在脑子里拉动锯条一样难受。

“你们一直向南走，在山脚下有一个山洞，我们就在这里。”布鲁克回应道。

凯瑟琳的电台太不给力了，她只断断续续地听到了几个字：向南……山洞……

“一路向南，咱俩肯定能追上他们。”凯瑟琳对泰勒说。

泰勒点点头：“凭咱们两个的脚力，追上他们毫无悬念。”

两个人相视一笑，迈开步子，如同箭头一般蹿了出去。

蓝狼军团的通话被索菲亚截获，她对亨特说："蓝狼军团肯定是向南去了，他们准备翻过铁岭山山脉，跨越边境，将洛克多护送到邻国。"

"那咱们别往西去了，也和秦天他们一样朝南追就是了。"亚历山大已经急得站不住脚了。

"走！"亨特果断做出决定，"向南，寻找蓝狼军团所说的那个山洞。"

此时，泰勒和凯瑟琳已经从树林里的另一个地方先于红狮军团出发了。这两个人的脚力果然不是吹的，奔跑起来如同脚下生风，背上生翅，一看便是训练有素的特种兵出身。

当泰勒和凯瑟琳找到那个山洞的时候，他们发现在洞口留下了许多凌乱的脚印，从这些脚印的纹理可以看出蓝狼军团和红狮军团都曾到过这里。

泰勒打开手电筒朝洞里看去，里面空荡荡的，地面上的灰烬已经没有了火星。也许那头两度受到惊吓的黑豹早已离开了这个山洞，所以泰勒和凯瑟琳并没有发现

它的身形。但是，凯瑟琳和泰勒已经留意到了地面上的野兽足迹，断定附近必有一头猛兽。

地面上的脚印无论是蓝狼军团的，还是红狮军团的，都是朝着一个方向去的，这让泰勒和凯瑟琳断定红狮军团一定循着踪迹朝布鲁克他们追去了。

“咱们给红狮军团来个前后夹击，让他们死无葬身之地，从此以后就没有人可以挡住咱们发财的路了。”泰勒说着，不由得露出了阴险的笑容。

正当泰勒和凯瑟琳准备离开之时，突然一束强光照射过来。泰勒的反应很快，他一把拉住凯瑟琳，身体向下倒去。凯瑟琳的身体刚刚碰到地面，就听到了一声枪响，她能感觉到一股凉风从头顶袭过。子弹划过凯瑟琳的头顶，击中了她身后的一棵树，子弹楔入木头的声音令凯瑟琳汗毛竖起。她仿佛感觉那枚子弹不是射入了木头中，而是钻进了自己的骨头里。

“谢了！”凯瑟琳小声地对趴在身旁的泰勒说，“这条命算我欠你的，这次我获得的佣金分你一半。”

“砰砰砰！”泰勒本想说些什么，但是连续射来的子

弹并没有给他开口的机会。他一个翻滚，躲到了一棵大树的后面。对面的手电筒也已经关闭了，虽然泰勒看不到他们，但是从刚才的枪声中可以听出红狮军团的人数绝对占据了优势。

“凯瑟琳千万不要开枪！”泰勒轻声地喊。

在敌众我寡的情况下，硬碰硬肯定是死路一条，借助夜色的掩护将自己隐蔽起来才是硬道理。泰勒深深地知道这一点，但他担心凯瑟琳会冒失地开枪，所以赶紧叮嘱她。

凯瑟琳也不是菜鸟，此时她已经在黑暗中悄悄地向山边爬去，她要躲进山坡的植被中，无声无息地溜走。要是在以往，凯瑟琳也许会抛下泰勒，但今天她欠泰勒一个人情，于是故意绕了一下路线，示意泰勒和自己一起偷偷地爬向山坡。

黑夜下的行动是异常隐蔽的，亨特他们并没有发现泰勒和凯瑟琳已经离开。由于担心会遭到射击，他们不敢贸然前进，而是静静地等待着沉不住气的敌人冒失地开火。

不可否认，凯瑟琳和泰勒都是特战精英，他们清楚地知道该做什么，不该做什么。此时此刻，他们不会与红狮军团纠缠，全身而退才是明智之举。

当亨特已有察觉的时候，凯瑟琳和泰勒已经钻入山坡的植被丛中，不知去向了。要想翻越铁岭山山脉，进入邻国并非易事，这段山脉靠近邻国的一侧大多是陡峭的山崖，唯独有一个地方坡度较缓，能够通行。这个地方便是布鲁克他们正在攀爬的那条路线。所以，凯瑟琳和泰勒并没有直线向上攀爬，而是呈一条斜线行进，其目的就是要与布鲁克他们所经过的路线会合。

“你们看，这是秦天的脚印。”当来到洞口的时候，索菲亚从凌乱的脚印中，一眼便认出了秦天的脚印。

“没错，是这个小个子的脚印。”亚历山大的语气中略带嘲讽，“他穿三十九码的鞋子，简直比女人的脚还小。”

亨特仔细观察了脚印的走向，断定秦天他们是沿着蓝狼军团的足迹追去了，而且可以看出那个被救出的囚犯——洛克多也是朝这个方向逃跑的。原因很简单，在凌乱的战靴印记中，有一双普通的胶鞋印记格外显眼，

那必定是洛克多留下的。

就这样，亨特率领亚历山大、索菲亚和朱莉，沿着足迹一路追踪过来。当爬到半山腰的时候，他们便听到了枪声，于是加快了速度，没多久便遇到劳拉抱着秦天跑下来。

现在，亚历山大和劳拉护送着受伤的秦天已经跑下山坡，正没命地朝树林外奔去。亨特则带着索菲亚和朱莉两员女将快速地向上攀爬，每个人都在担心着布莱恩的安危。

此时，布莱恩正躺在一块巨石后面牢牢地咬紧牙关，他的手臂已经被染成了红色。鲜血并没有停止，正从他的掌心中如泉涌般向外冒。蓝狼军团射来的一颗子弹正中布莱恩的左手，子弹从手背射进去，从手心钻了出来。

布莱恩用一只手从挎包里掏出纱布，忍着疼痛缠在受伤的左手上。他用力地将纱布勒紧，这样才能将伤口挤小，阻止血液向外流出。当纱布缠绕了几圈之后，他用牙齿咬住纱布猛地一撕，将纱布扯成两条，一条往反方向缠绕过去，然后将两条纱布打了一个结，右手拽住一条，牙齿咬住一条，各自向相反的方向用力一拉。

连续打了几个结之后，伤口被布莱恩包扎好。他侧过身朝蓝狼军团隐藏的方向看去，没有看到任何人，只听到了哗哗啦啦的响声。布莱恩知道蓝狼军团趁他受伤之际，已经向上逃去了。

洛克多的小腿被子弹击中，已经无法独立行走。美佳和布鲁克各架着他的一条胳膊，像拖死狗一样拽着他往上爬。洛克多受伤的腿拖拉在地上，伤口被不断地撞击着，额头因为疼痛滚满了汗珠。他真后悔自己被蓝狼军团救出来，如果老老实实地待在监狱里虽然食不果腹，但却不至于像现在这样丢掉半条命。

艾丽丝负责断后，她端着枪，弯着腰，每前进几步都会回头观望几眼，看看有没有人追上来。

布莱恩从巨石后面闪出，他想此时劳拉应该已经抱着秦天跑下山坡，进入山脚下的树林了。如今，此处只剩下了他一个人，布莱恩有些犹豫：到底是该追上去，还是就此停手呢?

第二十五章

生死情谊

红狮军团从没有被困难吓倒过，布莱恩转过头，目光中透射着坚定，他一头扎进草木丛中，向上追去。布莱恩的手还在淌血，纱布被浸染成红色，一股股的刺痛令他皱紧了眉头。

洛克多的伤腿影响了蓝狼军团整体的行进速度。布莱恩已经看到了负责断后的艾丽丝，他一只手抬起枪，受伤的左手托住枪身的上半部分，果断地击发了一枚子弹。这一枪大失水准，竟然偏离了艾丽丝几米。正所谓失之毫厘谬以千里，布莱恩受伤的左手没有将枪身稳固住，所以子弹在出膛的瞬间枪口向上跳了一下，弹道随之发生改变，自然不会击中预定的目标。

艾丽丝听到枪声之后，迅速地躲闪到一块大石头后面，将枪身架在石头上，快速进行反击。“砰砰砰！”一

个三连发，子弹落到布莱恩身旁溅起点点的火星。

布莱恩压低身体，将枪口伸出遮蔽物，试图观察艾丽丝的位置，然后再开一枪。可是，当布莱恩的头刚刚探出一点点的时候，一发子弹便力道十足地击中了他的头盔。头盔被凿出了一个大口子，弹头就镶嵌在上面。

艾丽丝发射完这枚子弹，将枪身慢慢地收回，她可没有心思跟布莱恩展开拉锯战，尽早翻过铁岭山，进入邻国才是最重要的事情。布鲁克和美佳架着洛克多已经向上爬了一段距离，眼看就要到达山顶了。艾丽丝起身追去，生怕自己被布鲁克和美佳这两个心怀鬼胎的家伙抛弃。

布莱恩看到艾丽丝从石头后面跃起，迅速地转动枪口，瞄准艾丽丝的腿部扣动扳机。“真是见鬼了。”布莱恩懊恼地自语道。偏偏在关键的时刻，弹夹里的子弹全部被打光了。布莱恩急忙抓住弹夹，向前一推，将其卸掉。然后，他伸手去摸披挂在身上的弹袋，抓到了一个装满子弹的弹夹。“咔咔！”两声清脆的声音，弹夹被布莱恩装到了枪身上。可是，当布莱恩再去搜索艾丽丝的

时候，已经看不到她的身影了。

快要接近山顶处，由于气温下降，植被开始变得稀疏。布莱恩孤身一人追上来，看到布鲁克和美佳已经到达山顶。艾丽丝转身朝布莱恩连开几枪。布莱恩被居高临下的火力压制，一时间抬不起头来，只能眼睁睁地看着洛克多逃出边境。

突然，布莱恩听到身后传来一声枪响，紧跟着是一个女生的惨叫。头顶的枪声停止了，布莱恩从石头后探出头，见艾丽丝痛苦地倒在地上，一只手捂住自己的大腿，指间渗出红色的液体。

是谁击中了艾丽丝？布莱恩心中一团迷惑，不由得回头看去，正好看到端着狙击步枪的亨特。亨特得意地一笑，好像他是拯救世界的救世主一样。

“亨特小心！”索菲亚突然大喊一声，从身后将亨特扑倒，子弹贴着索菲亚的身体飞过。

亨特被索菲亚压在身下，用一副无赖的腔调问道：“你这算是美女救英雄吗？”

索菲亚立刻瞪起凤眼，一拳打到亨特的鼻梁上，吼道：“我这是美女救狗熊。”

亨特的鼻孔中流出了两条血溪，估计以后他再也不敢招惹索菲亚了。

被射伤的艾丽丝向旁边一滚，知道自己已经无法逃脱了，于是大声地朝上面喊：“布鲁克，救我！”

艾丽丝的喊声让布鲁克犹豫了，他停住了脚步，躲在障碍物后面朝艾丽丝望去。看到艾丽丝的腿正在流血，布鲁克有些心痛，他决定先把艾丽丝救出来再说。思维支配行动，想到这里，布鲁克便喊了一声：“美佳，你掩护我。”话音未落，他便朝艾丽丝冲了过去。

美佳将步枪撑在石头上，朝着红狮军团疯狂地射击，但她心里却在责备布鲁克。她知道如果换作别人遇险，布鲁克是不会冒险营救的，唯独艾丽丝会让布鲁克割舍不下。

布鲁克在没有加入蓝狼军团之前曾是大名鼎鼎的“红魔鬼”特种部队的队员，也曾经是一名为正义而战的战士，在一次跨国联合作战中，布鲁克认识了艾丽丝。

当时艾丽丝是海军陆战队的一位女兵。遗憾的是，这次联合作战行动失败了。在战斗中，布鲁克身负重伤，幸亏艾丽丝冒着生命危险将他从敌人的枪口下救出，他才能够活到今天。

这次行动失败之后艾丽丝退役，后来加入了蓝狼军团，从此改变了人生轨迹。布鲁克由于对作战指挥官不满也退役了，在艾丽丝的邀请下，他也成为了蓝狼军团的一员。

在蓝狼军团中，无论是艾丽丝还是布鲁克都嗅不到一点人情味。这里散发着的铜臭气味，令他们越来越偏离人生的轨迹，完全失去了自我。每次执行任务后，他们都会获得以前在特种部队时一辈子也挣不来的钱，这更加刺激了他们贪婪的欲望。布鲁克一直对艾丽丝有所亏欠，在他的内心深处唯独保留了对艾丽丝的一点真诚。这便是布鲁克为何会冒着危险去救艾丽丝的原因。

在美佳的掩护下，布鲁克已经冲到了艾丽丝的身边。他拉住艾丽丝的手说："放心，我不会抛弃你的，就像当

初你不会抛弃我一样。”

艾丽丝的眼中晃动着一种叫作泪水的液体，这种液体已经好久没有出现在她的眼中了。“我就知道，在这个世界上我还有最后一位朋友，那就是你。”说话间，眼泪已经从她的眼中流淌了出来。

“砰砰砰！”

朱莉一枪接着一枪地射向艾丽丝和布鲁克的藏身之处，枪枪都想夺取他们的性命。

凭美佳一个人的火力明显无法掩护布鲁克和艾丽丝转移到山顶。她开始打起小算盘：如果布鲁克和艾丽丝都死了，那么这笔巨额的佣金就会更多地分到自己的腰包里。想到这里，贪婪的美佳冷冷地一笑，准备独自一人带着洛克多翻过山顶。可是，当美佳伸手去抓旁边的洛克多时，这才发现洛克多不见了。

“洛克多！洛克多！”美佳大喊着。

“不用喊了，洛克多在这里。”

一个女生的声音传来，美佳循声望去，只见索菲亚

的枪口顶在洛克多的脑袋上，就站在距离自己身体右侧不足一百米的位置。原来，洛克多担心这样拖下去自己会再次被抓，于是悄悄地朝一侧爬去，然后硬撑着站起身来，拖着瘸腿准备翻过山顶。可是，他没想到自己还没走出几步，便被索菲亚用枪口顶住了脑袋。原来，亨特派索菲亚悄悄地向翼侧迂回，准备对蓝狼军团形成夹击之势。索菲亚也没有想到自己刚刚迂回到翼侧，就碰到了撞到枪口上的洛克多。

洛克多被抓获，这意味着蓝狼军团的营救行动以失败告终。美佳心有不甘，抬起枪就要朝索菲亚射击，但是她还没来得及扣动扳机，子弹便如雨点般向她飞来。幸亏有面前的大石头遮挡，否则她的身上必定会出现几个弹孔。亨特、朱莉和布莱恩同时向美佳发起强猛的攻击，令她不敢轻举妄动。索菲亚趁机将洛克多押了回来。

美佳纳闷，为什么布鲁克不开枪支援自己呢？当他偷偷地朝布鲁克的方向看去时才发现布鲁克不见了，而附近的植被丛在剧烈地晃动着。

“无耻的家伙，竟然不通知我一声就自己逃跑了。”美佳破口大骂。

其实，逃跑也是布鲁克的无奈之举，他不能抛弃受伤的艾丽丝，所以便趁着红狮军团和美佳交战的时机，扶起艾丽丝钻进了植被丛中。艾丽丝被布鲁克的举动感动得一塌糊涂：“其实，你可以不用管我的。我已经习惯了人情冷漠，你何必为我牺牲了自己的利益！”

“没错，我喜欢钱，但金钱有价，情义无价。我谁都可以抛弃，唯独不能抛弃你。别忘了，我的命是你给的。”布鲁克扶着艾丽丝头也不回地逃离了战场。

美佳见自己已经被抛弃，在痛骂了一声之后，也不敢再恋战，她又胡乱开了几枪，便猛地跃起钻进了植被丛中。朱莉刚要追过去，却被亨特拦住了：“穷寇莫追，咱们已经抓到了洛克多，还是快快返回吧！”

心有不甘的朱莉说：“就他们这几个残兵败将还有什么可担心的，不把他们消灭了，才是放虎归山。”

亨特分析道：“别忘了，蓝狼军团还有两个人没有赶到，如果我没猜错的话，他们肯定听到了枪声，正赶往这里。如果咱们不赶快撤退，搞不好会被前后夹击。”

听亨特如此一说，朱莉这才想起昨晚在山洞处遇到的那两个人，暗自佩服还是亨特略高一筹。于是，他们架着洛克多选择了一条与来时不同的路，向山下走去。事情果然如亨特所料，凯瑟琳和泰勒听到枪声，正从另一条路线朝山顶赶来。他们与布鲁克和艾丽丝只相隔了上百米，但是却因为各自都在匆忙地赶路而没有发现对方。

当凯瑟琳和泰勒来到战斗发生的地点时，只发现了地面上的一片血迹，却找不到一个人了。两个人知道晚来了一步，后悔莫及。

洛克多被抓回，交到了警察局。城市爆炸案的来龙去脉被彻底地弄清楚了，秦天的罪名也得以洗脱。可是，秦天却躺在医院中，生死未卜。劳拉一刻不停地守在秦天的身边，对于她来说，秦天对她的情谊是无价的。这份情谊她要用生命去呵护，一辈子！